鬼神の100番目の後宮妃

〜偽りの寵妃〜

皐月なおみ

STARTS
スターツ出版株式会社

目次

鬼神の100番目の後宮妃～偽りの寵妃～

序章

「今宵は、百の妃を所望する」

家臣と皇太后、百人の妃たちが一堂に会する玉座《ぎょくざ》の間《ま》。水を打ったように静まり返るその中で、低い声はよく響いた。

その場にいる誰もが目を見開き、自分の耳を疑った。

後宮が開かれてはや半年。

一度も妃を閨《ねや》に呼ばなかった皇帝が、今はじめて妃を所望した。

後宮内の者皆が、待ち望んでいた瞬間だ。

だがその妃が、有力家臣の娘である一の妃でも、稀代の美女と謳《うた》われる二の妃でもなく、よりによって百の妃とは――。

冷たい床にひれ伏したまま、凛風《リンファン》は恐ろしさに震えていた。

考えもしなかった事態に、胸の鼓動が痛いくらいに鳴っている。

どうして自分が皇帝の寝所に呼ばれたのか、まったく意味がわからない。

皇帝の寵を争うために存在するこの後宮で、自分だけはそれを望んでいないというのに……。

――ひとつだけわかるのは。

皇帝の寝所にはべる時、彼の寵愛を受けるその時が、自分と彼の最期の時。

今宵、皇帝の寝台が、血に染まるということだけだった――。

第一章　過酷な使命

炎華国《エンカコク》の北の外れ、高揚《コウヨウ》。この地を治める貴族、郭凱雲《カクガイウン》の邸の裏庭にて、今年十八になる郭凛風は、寒さに耐え洗濯をしている。桶に張った水に布をひたすと、あかぎれだらけの指が痛む。凛風は顔を歪《ゆが》め歯を食いしばった。

冷たい水での洗濯は、この季節もっともつらい作業だった。だがぐずぐずしている暇はない。日があるうちに言いつけられた仕事をすべて終わらせなければ、もっと痛い思いをすることになる。

この辺りで一番大きなこの邸には、当然召し使いはたくさんいる。

だが誰も凛風が継母から言いつけられた仕事を手伝ってはいけないことになっている。今も水場でひとり、朝昼晩と道楽のように着替えるひとつ下の異母妹、美莉《メイリー》の衣装を洗う凛風を気遣う者はいない。

「凛風、凛風!!」

癇《かん》を立てた声で自分を呼ぶ声がして、凛風はビクッと肩を揺らす。

洗い物を一旦置いて水場を離れ、外廊下の階段の下で地面に膝をついて頭を下げる。

足音を立てて、継母がやってきた。

「凛風!」

「はい、お継母さま」

「お前、美莉の髪飾りをどこへやった？　赤い瑪瑙《メノウ》のやつだ」

件の髪飾りは、父が美莉のために都から取り寄せたものだ。彼女はそれを気に入っていて、よくつけている。

確か最後に使ったのは、三日前。〝買い物に行くので市場にいる貧乏人に見せびらかすのだ〟と言って出かけていった。

「確かこの間のお出かけの後、鏡台の引き出しにしまわれていたと……」

びくびくしながら答える凛風を、継母が苛立《いらだ》ちながら遮った。

「そこにないから聞いてるんじゃないかっ！　本当にお前はぐずだね！　いったいどこへやったんだい⁉」

「わ、わかりません。わたしが見たのはそれが最後です」

震える声で答えるが、それで許してもらえるはずがない。

「嘘《うそ》言うんじゃないよ！　美莉が妬《ねた》ましくてどこかに隠したんだろう」

「そ、そんなことしません！」

真っ青になって首を振る。そこへ。

「おだまりっ！」

叱責とともに頬を打たれる。衝撃で凛風は地面に手をついた。

「お前があの髪飾りを羨《うらや》ましそうに見ていたのは知っている。白状をし！　髪飾りをどこへやった！」

鬼の形相で継母は凜風を追及する。

まったく身に覚えのない話だった。赤い瑪瑙の髪飾りは繊細な銀細工でできている最高級品で、この辺りの娘には手に入らない代物だが、羨ましいなどと思ったことはない。朝から晩までこの邸の中で、言われたことをこなすだけの生活をしている自分が持っていてもなんの意味もないからだ。

だがそれで継母が納得するはずがない。こうなったら、凜風がなにを言っても無駄だった。このままではひどいことになるのは目に見えていた。

継母はことあるごとに癇癪《かんしゃく》を起こし、憂さ晴らしのように凜風の身体を棘《とげ》のある木の枝で打つ。そのため凜風の身体には背中や肩、腕にいたるまで醜い傷痕が残っている。継母から着ることを許されている袖の短い衣では、腕の傷が見えてしまう。目にした人は皆眉をひそめた。

なんとかして彼女の怒りを鎮めなくてはと思うけれど、髪飾りの行方に心あたりがない以上どうしようもなかった。

「本当に知りません。私はひとりで美莉さまのお部屋に入ることはありませんから……」

「しらを切るんじゃないよ！　ああ、口惜しい。今夜の宴につけさせたいと思っていたのに……」

今夜邸では、都からの使者を迎えることになっていた。彼らをもてなすために、宴が開かれるのだ。

宴には妹と継母も出席するが、当然ながら凛風は呼ばれていない。血の繋《つな》がりという意味では凛風も正真正銘父の子だが、彼らの認識では郭家には含まれない。召し使いか、それ以下の存在だ。

「どこへやったか早くお言いっ！　宴までに出さなきゃ、承知しないよ。この家から放り出すくらいじゃ済ませない。東の森へ捨ててやる！」

「ほ、本当に知らないんです！」

凛風は真っ青になって首を振った。

東の森は国の境、魑魅魍魎《ちみもうりょう》が現れる場所だ。迷い込んだりしたら人間の凛風はあっという間に喰《く》われてしまう。

「私が見たのは三日前が最後です！　本当です」

「まだ嘘をつくのか！」

必死に訴える凛風の頬に、再び継母の平手打ちが飛んでくる。凛風は地面に倒れ込んだ。それだけではあきたらず継母はもう一度腕を振り上げる。そこへ。

「お母さま」

鈴の鳴るような声がして、継母が止まり振り返った。

美莉が柱の陰から現れた。

「髪飾り、あったわ。二段目の引き出しに入れ替えたのを忘れてたの」

気楽な調子でそう言って、継母に向かってペロッと舌を出す。

「あら、そうなのかい。……それはよかった、安心したよ」

継母がさっきまでとは打って変わって、機嫌のいい声で答えた。

「だけど、美莉。淑女が舌を出すなんて振る舞いをするでないよ。なんといってもお前はそこら辺の娘とは格が違う、郭家の娘なんだから」

猫撫《ねこな》で声でたしなめる。

「はぁい」

美莉が可愛《かわい》く答えた。そして凛風を蔑《さげす》むような目で見た。

「お姉さま、臭い」

「馬小屋のにおいだよ。美莉、お前は近寄るでないよ、においが移るからね。そしたら今夜の大事な宴で、お使者さまに不快な思いをさせてしまう」

そう言って継母は、凛風を睨《にら》んだ。

「いつまでそこにいるつもりだい？　もう用は済んだんだから、さっさと仕事に戻りな。本当にのろまなんだから。いいかい？　今夜の宴は、美莉にとって大事な大事な宴なんだ。絶対にお使者さまの前に姿を見せるんじゃないよ。万が一にでも姿を見せたら、今度こそ東の森に放り出すからね！」

言い捨てて、くるりとこちらに背を向けて、妹の背に優しく手を添える。

「さぁ、お支度の続きをしましょうね。とびきり綺麗《きれい》にしなくては。この日のために、お前を大切に育てたのだから」

もう凛風には用はないというように、さっさと廊下を歩いていく。

美莉がちらりと振り返り、勝ち誇ったような笑みを浮かべた。

十中八九、髪飾りの件は彼女からの凛風に対する嫌がらせだ。

彼女は凛風が継母に罵倒《ばとう》され殴られるのを見るのがなによりも好きで、こんな風に頻繁に凛風に難癖《なんくせ》をつけ継母を焚《た》きつける。

とはいえ、今回は枝で打たれずに済んだとホッとして凛風はまた洗濯に戻る。平手打ちくらいなんでもない。日常茶飯事だ。

洗濯物を洗い終えた凛風は、それを抱えて邸の裏の物干場を目指す。途中、三人の下女が集まって話をしているところへ出くわした。

足を止めて物陰に隠れたのは、自分の名前が聞こえたような気がしたからだ。

「でもどうして奥さまはあそこまで、凛風さまをいじめるのですか？　馬小屋で寝起きさせるなんて、尋常じゃないですよ。仮にも郭家のお嬢さまですよね？　さっきも髪飾りがなくなったって濡れ衣を着せられて……私、胸が痛くて」

どうやら、彼女は新人のようだ。凜風が継母に虐げられていることに異を唱える者はこの邸にはいない。継母の怒りを買うのが怖くて、皆見て見ぬふりをする。

慌てて先輩下女が低い声でたしなめる。

「そんなこと、この邸で言ってはいけないよ。奥さまに知られたらすぐに暇《いとま》を出されてしまう」

それに、もうひとりの先輩下女も同意する。

「奥さまはね、凜風さまのお母上さまが存命だった頃のお妾《めかけ》さんなの。凜風さまが生まれた一年後に美莉さまを生んだのに、自分は邸に入れてもらえず、町はずれで暮らしてたのよ。だから、先の奥さまを恨んでるの」

「へぇー」

「奥さまは美莉さまを後宮入りさせたいでしょう？　だから凜風さまは邪魔ってわけ。馬小屋で寝起きさせて召し使い以下の生活をさせているのは、凜風さまが選ばれると嫌だからよ。こう言っちゃなんだけど、見た目では、美莉さまは凜風さまに勝てないもの」

都にある皇帝のための後宮に娘を入れるのは、すべての貴族の望みである。娘が皇帝からの寵愛を受け、皇后になれば権力を誇示できる。有力者たちは皆、娘に後宮入りするのに相応《ふさわ》しい行儀作法を身につけさせ、美しく育てあげる。

「だからね、この邸で働き続けたければ、凜風さまのことは見ないふりをしなきゃいけないよ。ほら、宴の準備に戻らなきゃ、叱られるわ」

そう言って、下女たちは建物の中に戻っていった。

今の下女が言った通り、この邸では凜風はいないものとされている。どんなにひどく叩《たた》かれても、飢えて動けなくなっていても、下女たちが助けてくれることはない。

先ほどまで胸を痛めていた下女もすぐにそれを心得て、凜風がなにをされていても気に留めなくなるはずだ。それを悲しいと思っていたのは、もうずいぶんと前のこと。今はなんの感情も湧いてこなかった。

洗濯物を抱え直して、凜風はまた歩きだした。

一日の用事を済ませると、もう日が落ちていた。

凜風は盆に載った食事を持ち、寝床にしている馬小屋へ向かう。食事は一日これだけで、しかも下女のものよりもさらに粗末なものだった。

母屋から聞こえる音楽と笑い声、窓から漏れる温かい光を横目に、足音を立てぬよう外廊下を行く。部屋から漏れるご馳走《ちそう》のにおいに凜風のお腹がぐーっと鳴った。

用事をこなしている間に小耳に挟んだところによると、都からの使者は、後宮に入る娘の選定に来ているという。だから継母は、血眼《ちまなこ》になって髪飾りを探していたというわけだ。

彼女にとって美莉を後宮入りさせることは、なにより大切なこと。そのために育てているとことあるごとに口にしている。

後宮がどのような場所か、凜風には知るよしもない。

美莉が後宮入りすることにはなんの感情も湧かないけれど、この邸を出て継母と離れられるというのは羨ましかった。

五歳まで郭家の娘としてなに不自由なく育てられていた凜風の生活が一変したのは、弟の出産で母が亡くなったからだ。

母を失った傷がまだ癒《い》えぬうちに、父の妾だった継母が妹の美莉を連れて邸に乗り込んできて、その日から、部屋も服も髪飾りも、凜風のすべてのものが美莉のものになったのだ。

政治にしか興味がなく、家族に対する情の薄い父が、幼い凜風をかばってくれるはずもなく、すべて継母に任せきり。そもそも彼は一年のうち半分ほどを都にある別邸で過ごしていて、邸にあまりいない。

必然的に、この邸では継母が絶対的な存在となり、継母のすることに誰も逆らえなくなっていった。はじめのうちは凜風をかばってくれていた乳母や下女たちも皆暇を出され、今はもう誰ひとり残っていない。

勝手に邸を出ることも許されず、下女以下の扱いを受ける凛風に、残された希望は……。

「姉さん、姉さん」

小声で呼びかけられて、凛風は足を止める。見回すと廊下の柱の影から、弟の浩然《ハオラン》が顔を出していた。

慌てて周囲を確認してから自分も柱の陰に隠れ、浩然に向かって小さい声を出した。

「浩然、ダメよ。こんなところで私に話しかけちゃ。お継母さまに見られたら、あなたまで叱られる」

浩然が肩をすくめた。

「大丈夫だよ。今はお継母さま、お使者さまとの宴にかかりきりだから」

「だけどあなたも宴に出てるんでしょう？」

「今日の主役は美莉姉さんだよ。僕は先に挨拶を済ませて抜けてきた。なにも言われなかったよ」

そう言って懐から包みを出した。

「はい、これ姉さんの分」

受け取ると包みは温かい。中には、包子が入っていた。

「ありがとう……」

粗末なものしか与えられない、凛風にとってはご馳走だ。

「それからこれ」

次に彼は貝の殻を差し出す。中には油で練った薬が入っていた。

「昼間に医師さまのところでもらってきたんだ。手の傷に塗ると痛みが和らぐよ」

「ありがとう……。だけど無理しないでね。私は平気だから」

同じ母から生まれた子でも、父の唯一の息子で後継である浩然は蔑ろにはされてない。美莉と同じように郭家の子として大切に育てられている。それでも彼はこうやって継母の目を盗んで、凛風に食べ物や必要なものを持ってきてくれる。

「姉さんにこんな扱いをして、僕はお継母さまを絶対に許さない!」

浩然が拳《こぶし》を握りしめた。

「僕が家を継いだら、姉さんにつらい思いはさせないから。ううん、その前に、僕一生懸命勉強して、科挙《かきょ》を受けようと思ってるんだ。学問で身を立てて家を出る。姉さんを連れ出してあげるからね」

「ありがとう、浩然。でもあなたはこの家を継がなくちゃ。きっとお母さまはそれを願っておられるわ」

もうほとんど覚えていない母の記憶は、彼を身籠《みごも》っていた頃。大きなお腹を幸せそうに撫でている母の笑顔だ。

『可愛がってあげてね、凜風。あなたのたったひとりの弟か妹になるのだから』

身体が弱かった母は、あの時すでに最後のお産になると気がついていたのかもしれない。まさかそのお産で命を取られるとまでは思っていなかっただろうが……。

母のいなくなった浩然の世話は、雇われていた乳母の役目だったが、凜風も一生懸命手伝った。母を知らない浩然のために、母の代わりになれるように。

彼が赤子の頃は、まだ男子の出産を諦めていなかった継母に、浩然も冷遇されていた。味方のいない邸で、姉と弟は身を寄せ合い、絆《きずな》を育んだのだ。

だが凜風十三、浩然八つになった年、状況は一変する。突如ふたりは口をきくことを禁じられ、凜風は馬小屋で寝起きするよう命じられた。継母が男児を生むことを諦め、浩然は郭家の後継として継母の手で教育されることになったからだ。

そうして凜風は、十八になった今も変わらず、ずっと馬小屋で寝起きしている。

「こんな家、どうなってもいいよ。亡くなった母さまも大切だけど、今は姉さんの方が大切だ。学問所の老師さまがね、僕ならきっと受かるだろうって言ってくださってるんだ。……問題は父上が科挙を受けさせてくれるかどうかだけど」

「老師さまがそうおっしゃってくれるの？　すごいじゃない！」

凜風は声を弾ませる。

彼が、学問所でいい成績を収めているということが嬉《うれ》しかった。彼が健やかに成長することだけが、凛風の望みだ。

その時、廊下の向こうで扉が開き、誰かが出てくる気配がする。

浩然が囁《ささや》いた。

「じゃあね、姉さん。また食べ物持っていくから」

素早く離れて、見つからないように建物の中に入っていった。

凛風も急いでその場を離れる。足早に、邸の裏庭にある馬小屋を目指した。

郭家では白竜《ハクリュウ》という馬を一頭飼っている。凛風が戻ってきたことに気がついて、前足でカポカポと地面を蹴った。

「ただいま。飼葉ちゃんと食べた？」

声をかけながら白竜の顔を撫でると、白竜は嬉しそうに凛風の頬をつついた。

「ふふふ、食べたみたいね」

馬小屋の隅に粗末な板を渡し、ぼろ布を敷いただけの寝台、そこが凛風の寝床だ。雨が吹き込む寒い日もここ以外で眠ることは許されない。

そこに食事と包子を置いて、凛風は白竜の身体を櫛《くし》で梳く。白竜が気持ちよさそうに目を閉じた。

馬の毛並みは、健やかかどうかの目安になる。どんなに疲れていても朝晩必ず櫛で整え確認するようにしていた。

もともとは年老いた下男が、白竜の手入れを任されていて、凛風に馬のことを教えてくれた。凛風に同情的だった彼が、継母に暇を出されて以来、馬たちの世話は凛風の役割となっている。

浩然と話すことを禁じられ、用がなければ母屋に入れないのはつらいけれど、寝起きするよう言われたのが馬小屋でよかったと今は思う。白竜と一緒なら寂しくはない。

手入れが終わると、凛風は寝台に座り食事をとる。

包子を食べながら浩然のことを考える。小さな頃は怖がりで泣き虫、夜ひとりで厠《かわや》へ行くこともできず泣いていたのに、学問所で科挙を勧められるまでに成長したのが嬉しかった。

彼は凛風の生きる支えなのだ。

東の森に放り込まれて魑魅魍魎に喰われるのを恐ろしいと思うのは、浩然がいるから。浩然が成人し、立派にこの家を継いだのを見届けて、それをあの世で母に報告するのが、凛風のただひとつの望みなのだ。それまでは、どんな扱いをされようとも死ぬわけにはいかない。

そんなことを考えながら食事を終えると、白竜が藁《わら》の上に横たわる。凛風を見て首を縦に振っている。こっちへ来いという合図だ。凛風は寝台の上のぼろ布を手に、白竜のそばに横になった。

夜はよりいっそう冷えるが、こうやって寄り添って寝れば温かい。艶々《つやつや》の毛並みに身体を寄せると、途端に疲れが押し寄せてくる。朝になればまたやるべきことに追い回される一日が待っている。目を閉じて、凛風はあっという間に眠りに落ちた。

母屋へ来るようにという父からの伝言を凛風が受け取ったのは、次の日のこと。使者が都へ帰った後の夜更けだった。

何年かぶりに入る父の部屋は人払いされていて召し使いたちはいない。いるのは、父の他に継母と美莉だけだった。凛風が部屋に足を踏み入れると、ふたりは怪訝《けげん》な表情になる。継母が眉を寄せて凛風を睨んだ。

「お前、誰の許しを得てここにいる？」

「わしが呼んだのだ。今宵の話は、凛風にも関わる話だからな」

父が言い、継母が不満げに口を閉じた。

凛風が冷たい床に跪《ひざまず》くと、父が腰掛けに座る継母と美莉に向かって話しはじめた。

「今朝、お使者さまが都へと戻られた。お前たちも知っての通り今回の目的は、新皇帝の後宮に入る娘の選定だ。我が郭家も娘をひとり、皇帝陛下への〝生贄《いけにえ》〟として差し出すようにとお話があった」

「〝誉《ほま》れの生贄〟ね！　やったわ！」

美莉が声をあげた。

「ついにこの日が来たのね！」

後宮入りする娘が〝生贄〟と呼ばれるのは、この国を治める皇帝が代々、鬼の血を引いているからである。

ここ炎華国は、本来は魑魅魍魎が溢れる荒れた土地。あやかしの能力を持たない人はその昔ただ喰われるだけの存在だった。現在は、魑魅魍魎の頂点に君臨する鬼を皇帝として崇《あが》め奉《たてまつ》ることにより、平穏な暮らしを維持している。

新皇帝が即位すると、新たに後宮が開かれて、人は生贄として娘を百人捧げることになっている。

生贄とはいえ、鬼の血を継ぐ子を生むのは、国のためになくてはならないこと。その仕事を果たした娘の一族は繁栄を極め、家族は皆一生なに不自由ない生活が約束される。そのため、後宮入りする娘は〝誉れの生贄〟と呼ばれるのだ。

継母もうっとりと目を細めた。

「ああ、嬉しい！　さっそく準備をしなくては。明日にでも衣装屋を呼びましょう」

興奮する継母を、父が止めた。

「まぁ待て。わしは美莉を後宮入りさせるとは言っておらん。お使者さまは、郭家の娘ならば、姉妹のうちどちらでもよいとおっしゃった」

そう言って凛風を見る。その視線に凛風は目を見開いた。

この家で、娘といえば美莉のこと。馬小屋で寝起きして、邸の外へ出ることもない凛風は、世間的にはいないものとされているというのに。

なぜ父は自分を見るのだろう？

「なっ……！　あなた、まさか……凛風を後宮入りさせるおつもりですか？」

継母がわなわなと唇を震わせた。

「そのつもりだ。だからこの場にこいつを呼んだ」

「な、なれど……どうして!?　この子は、このように痩せ細り、教養も身につけておりません。見た目も中身も後宮に相応しくな……！」

「まぁそう興奮するな、これにはわけがある」

唾を飛ばしてまくし立てる継母をうっとうしそうに見て、父は事情を話しはじめた。

「今宮廷は、新皇帝、暁嵐《シャラン》帝と、皇太后さまが対立している状態だ。暁嵐帝は皇太后さまのお子ではないからな。皇太后さまには輝嵐《キラン》さまという立派なお子がおられる。当然、皇太后さまは、輝嵐さまが即位されることを望んでおられる」

「そうなのですか……。ではなぜ暁嵐さまが即位されたのですか？　皇太后さまは、宮廷では絶大なお力があると、私のような者でも聞き及んでおりますのに」

継母からの問いかけに、父は渋い顔で首を振った。

「今年二十二歳になられる暁嵐さまが輝嵐さまより二歳年上だからということもあるが、一番の理由は前の帝の遺言だ」

「前の帝の遺言？」

「ああ。暁嵐帝は、鬼としてのお力が輝嵐さまよりお強いようだ。それで後継に指名された。……まぁ、そのあたりはわしら人間にはわからんことなのだが」

国の頂点に君臨する皇帝に必要なのは、なによりも鬼としての力の強さ。人を狙う魑魅魍魎を押さえ込む力だ。

病がちだった前帝の晩年には、国のあちこちで人が喰われることが頻発した。ここ高揚でも、東の森に引きずり込まれた子供が帰ってこないことが続いた。新皇帝が即位してからはそのようなことはなくなったため、皆安堵《あんど》していたのだが……。

「輝嵐さまも前帝の血を引く立派な鬼でいらっしゃる。どちらが即位しても問題はないはずだ。なにもよりによって女官に生ませた子を世継ぎに指名せずともよいものを……」

父が苦々しい表情で吐き捨てた。

暁嵐帝の生母は、後宮女官だった女性だという。

「あなたさまは、皇太后さまによくしていただいておりますからね」

継母の言葉に、父は頷《うなず》く。

「ああ、そうだ。今の郭家があるのは皇太后さまに取り立てていただいたからだ。……そして、今ももっとも信頼をいただいておる」

そう言って父はにやりと笑い、凛風を見た。凛風の背中がぞくりとする。嫌な予感がした。

「女官が生んだ子が皇帝になるなど、本来はあり得ないことだ。皇太后さまは、今の国の状況を大変嘆いておられる。そこで我らをお頼りになったのだ。輝嵐さま即位のため力を貸せ、と……。成功すれば郭家の領地は都近くへ変わるだろう。わしは要職につける」

「んまぁ！　都の近くに？　なんてありがたいことでしょう！　私、このような寒い田舎は飽き飽きしておりましたの」

継母が盛り上がり、美莉も嬉しそうにする。

「して、我らはなにをすればよいのです？」

父が声を落とした。

「決まっておるだろう。暁嵐帝暗殺だ。輝嵐さまに即位していただくにはそれしかない」

「ひっ！」

継母が引きつった声を出し、美莉も固まった。世間知らずの女子でも、それがどれだけ恐ろしいことかくらいはわかる。

継母が震える声で尋ねた。

「そんな……。ですが、なぜ我らに？　皇帝のお近くにいらっしゃる皇太后さまなれば、屈強な家臣を使ってすぐにでも成し遂げられそうなものを」

それを、父が鼻で笑った。

「相手は鬼ぞ。普通の人間では敵わん。現に皇太后さまは、暁嵐帝の幼少期から何度も暗殺を試みられたがすべて失敗に終わっている。暁嵐帝が四つの頃、真冬の夜の池に手足を縛られ沈められても翌朝には戻ってきたという話は、宮廷では有名だ」

「なれど、我らも人には変わりありません。皇太后さまにできないことが、できるとは思えませぬ」

継母の言葉に、父が不適な笑みを浮かべ、一段低い声を出した。

「平素ならばそうだ。だがひと時だけ鬼の力が弱まる時があるのだ」

「鬼の力が弱まる……？」

「ああ、これは皇帝にごくごく近しい者しか知らぬことだが、鬼の力は誰かと褥《しとね》をともにしている時……つまり女を抱いている時は半減する」

「まぁ！」

ふたりのやり取りを聞きながら、凛風にもようやくこの話の着地点が見えてきた。美莉も同じことを思ったのか、不安げに眉を寄せている。

皇太后が、郭家に要求していること……それはつまり。

「すなわち、皇帝の寵愛を受ける妃のみに暗殺の機会がある。我が家の娘にそれを実行させよ、と……」

「わ、私は嫌よっ！」

美莉が真っ青になって声をあげる。

凛風もまったく同じ気持ちだが、あまりのことに身体が震えて声が出なかった。

父が美莉を冷たい目で見る。

「お前にやれとは言っておらん。無事にことを成し遂げた暁《あかつき》には、郭家は輝嵐帝の恩人として盛り立てると皇太后さまからはお約束いただいている。だが、手を下した本人は無事では済まん。鬼の力は弱まるだけでなくなるわけではない。道連れにするくらいの力はあるだろう。万が一生き残れたとしても、皇族に手を下した者は死罪だ。美莉、お前には輝嵐さまが即位された際に後宮入りしてもらわねばならないからな」

その言葉に、美莉はホッと胸を撫で下ろし、勝ち誇ったように凛風を見た。

美莉、継母、父の視線が凛風に集まった。

家のために、命をかけて皇帝を暗殺する……その過酷な運命を課せられるのは。

「やれるな？　凛風」

目の前が暗くなるような心地がした。

どこまでも自分は、父にとって価値のない存在なのだと思い知る。

「なれど、成し遂げる自信がありませぬ……」

凛風は声を絞り出す。それが精一杯だった。

「やらねばならぬ。失敗すれば、我が家は破滅。わしとお前の大切な浩然も責任を取らされ、無事では済まぬ」

「ハ、浩然が……？」

まさかこれが、浩然に関わることだとは思わなかった。けれど、よく考えてみればその通りだ。皇太后の機嫌を損ねた家臣が無事で済むわけがない。

浩然が立派に成長するのを見届けて、亡き母に報告するのが、凛風の唯一の望みだというのに……。

父が立ち上がり、凛風の前へやってくる。しゃがみ込み、床に膝をつく凛風の肩に手を置いた。

「お前は、浩然が可愛い。そうだろう？　成功すれば、郭家は繁栄を極める。浩然はお前に感謝するだろう。家の功労者としてお前の墓は、邸が見える場所に立ててやる」

それであれば死してなお、立派に成長した浩然を見続けることができるのだ。

彼は凛風にとっての生きる望み。彼の命と自分の命、比べることなどできない。

「凛風、できるな？」

「凛風？」

両親に囲まれる凛風を、美莉が蔑むような目で見ている。

どちらにせよ、凛風に選択肢などないのだ。

自分は、父と継母の命に逆らうことは許されぬ身。否と言えば、すぐにでも棘のある枝で虫の息になるまで打たれるだろう。そしてその後、東の森に放り込まれる。

自分の行く末が黒に塗りつぶされていくのを感じながら、凛風はゆっくりと頷いた。


皇帝が住む、炎華禁城《えんかきんじょう》は、国の中心に位置する。

赤い太い柱が何十本と建ち並び翡翠《ひすい》と金の装飾が施された巨大な正門。大門の先には広大な敷地が広がっていて、皇族の他に役人や宮女、宦官ら、十万人以上が住むという。

大門の先の広場を挟んで建っているのは、大極殿《たいごくでん》と呼ばれる一番大きな建物で、皇帝即位の儀式や、軍の出征など、国家行事が行われる重要な場所である。

どーんどーんと銅鑼《どら》の音が鳴る中、今日はそこに百人の女が集められていた。国中から選抜された、皇帝の妃たちである。

到着してすぐに身元の確認と宦官による身体検査が行われた。その後、後宮に入る前に百人の妃の順位が言い渡されるという。

凛風は他の九十九人の妃とともにその時を待っていた。

「あー、胸が鳴って痛いわ。二十以内に入らなければ、望みはないわよね」

隣に座る妃が、向こう隣の妃に話しかけている。

「あら、でも先の皇帝陛下は、後宮女官との間にもお子ができたじゃない。あまり数は関係ないのかも」

「でも、皇太后さまは、一のお妃さまじゃない？　やっぱり賜《たまわ》る数が後だと、お顔を拝見する機会も少ないんじゃないかしら？　五十より下なら陛下の目に留まるなんて、目をつぶって針に糸を通すより難しいってお父さまから言われたわ」

後宮に入る妃は、百人と決められていて、それぞれ一から順番に数を賜るという。皇帝は気に入る娘が見つかるまでは、一の妃から順番に閨に呼び、寵愛する娘を選ぶのだ。

当然ながら、有力家臣の娘や見目麗しい娘から、若い数を賜ると言われていて、先ほど受けた身体検査の結果も加味される。

皆がなるべく若い数をと願う中、凛風だけは、真逆のことを考えていた。賜る数が若ければ、それだけ計画を実行する時が早まるからだ。

父は下級貴族で、自分は特別美しいわけではない。本来ならば、若い数を賜ることはなさそうだけれど……。

そう願う凛風の頭に、今朝までの出来事が浮かんだ。


後宮入りするために、父とともに生まれ育った家を出たのが四日前。朝早くに人目を避けて出発する凛風を、浩然は満面の笑みで見送った。

『凛風姉さんが、皇帝陛下のお妃さまに選ばれるなんて嬉しいよ！』

涙を見られぬようギュッと抱きしめると、彼は父に聞こえないように囁いた。

『やっぱり僕、どんな手を使っても科挙を受けるよ。都へ行けばまた姉さんに会えるから』

彼が都へ来る時はおそらく自分はもうこの世にいない。どうか彼が凛風の死を乗り越えられますように、と願いながら別れの言葉を口にした。

『浩然、身体を大切にね』

浩然から離れて馬車に乗り込もうとすると、今度は美莉に引き留められた。

『お姉さまなら、きっと陛下の寵愛を受けられるわ……』

彼女はそう言って凛風に抱きつく。そして意地悪く囁いた。

『後宮妃は誉れな生贄と言うけれど、お姉さまは本当の生贄ね。せいぜい頑張りなさい』

都へ着いた凛風は、まず身体を綺麗に洗われて髪を整えられ、後宮入りするに相応しい衣を与えられた。そしていよいよ後宮入りする前日、不穏な客を迎えたのだ。

その女は、透ける薄い布が顎まで下がる笠を被り、でっぷりとした身体に真っ黒な衣装を纏《まと》っていた。

『そなたか、妾《わらわ》の願いを叶えてくれるという娘は』

客が口にした言葉に、凛風は彼女が何者かを悟る。自分に残酷な使命を課した、まさにその人だ。

『痩せておる。貧相な娘じゃ。本当にお主の娘か？』

皇太后が父に向かって問いかけ、父がやや焦ったように答えた。

『しょ、正真正銘、私の娘にございます。田舎娘ゆえ、都までの道のりで少々疲れてしまいまして。都のものを口にすればすぐにでも……』

『まぁ、よい。ならばそうじゃな……。うむ、むしろ好都合じゃ』

不可解な言葉を口にして、皇太后は手にしていた扇《おうぎ》を凛風の顎にあてた。

薄く透ける布の向こう、自分を見る蛇《へび》のような目に、凛風の背中が粟立った。人を人と思わず、ただの道具としか見ていない者の目だ。

『お主は、必ずあの男の閨へはべらせてやるかの？　妾にはその力があるゆえ』

そして衣の合わせから、懐紙の包みを取り出して、凛風に差し出した。

『これをお前に授けよう。目的を達するためにはなくてはならぬものじゃ』

震える手で受け取ると、包みはずっしりと重い。開けると中から白い花の飾りがついた簪《かんざし》が出てきた。先端が紫色に染まり鋭く尖っている。

『その簪の先には、特殊な術をかけてある。閨の最中、その簪をあの男の喉に突き立てよ。もがき苦しみいずれ絶命する』

恐怖のあまり凛風の喉から、ヒュッという声が漏れる。動揺のあまり簪を持つ手が激しく揺れ、取り落としそうになるのを、皇太后の両手が凛風の手ごと受け止めた。ゾッとするほど冷たい手だった。

その手が、何年かぶりに結い上げた凛風の黒い髪に簪を挿した。

頭に感じる簪の重みに、心まで押しつぶされそうな心地がした。

『その簪をいついかなる時も身につけているのじゃ。よいな？』

そう言って彼女は、凛風の頬を扇でつっと撫でて、ふふふと優雅に微笑《ほほえ》んだ——。

「ねえ、あの簪なに？　悪趣味」

どこかからか聞こえてきたその言葉に、昨夜のことを思い出していた凛風はハッとする。見回すと何列か前の妃ふたりが、凜風を見ている。

「雪絶花《せっぜっか》じゃない。あんなのを刺して後宮入りするなんて、あの子正気？」

眉を寄せて、ヒソヒソと話をしている。さして隠すつもりはないようで丸聞こえである。

　皇太后が帰って後、父から聞いたところによると、簪の白い花は雪絶花というらしい。可憐《かれん》な見た目で衣服などの装飾にはぴったりだが、ひと株につきひとつの花しか咲かないことから、子宝に恵まれないという不吉な意味を持つという。既婚で、まだ子を産んでいない女は、身につけてはならないとされている。

　皇太后が簪の飾りを雪絶花にしたのには理由があると父は言った。

『後宮は、陛下の寵愛を争うためだけに存在する場所。お妃さま方の間では足の引っ張り合いは日常茶飯事だ。高直な物がなくなることも少なくはない。万が一にでも盗まれぬようにというご配慮だ』

　いくら美しい簪でも、不吉な物は盗られない、というわけだ。

「やだ、あなた……そんな簪、いったいどういうつもり？」

　ヒソヒソ声に気がついた隣の妃が、ギョッとして凜風に問いかけた。

「……母の形見なんです」

　凜風は、父に言いつけられた通りに答えた。

「だからって……。あなたまさか身体検査の時もそのままで？」

「はい」

すると彼女は眉を寄せて、凛風を避けるように座り直し、向こうの妃の方を向いた。

「よかった。少なくとも最下位になることはなさそうね。いくらなんでも、ここまでものを知らない娘に負けるわけがないもの」

その時、どーんどーんと銅鑼が鳴る。

がやがやと話をしていた妃たちが口を閉じると、前に役人が現れた。

妃の順位の発表だ。

凛風の胸が痛いくらいに早くなった。

皇太后は、必ず閨にはべらせてやると言っていた。ならば、凛風には若い数が振りあてられるのだろうか。

「名を呼んだら、起立するように」

その場が静寂に包まれる中、役人が声を張り上げる。

「一の妃、李宇春《リーウーチェン》」

すると中くらいの席に座っていた、ひときわ豪華な衣装を纏った少しふくよかな娘が立ち上がる。得意そうに頬を染めている。

「ありがとうございます！」

張りのある声で答えて膝を折り、着席した。

「お父上が、丞相《じょうしょう》さまだもの。きっともともと決まってたのよ」

「本人のお力ではないわ」

隣の妃たちが悔しそうに囁き合った。

「二の妃、陳花琳《チンファリン》」

今度は前の席に座っていた娘が立ち上がる。ひときわ美しい妖艶《ようえん》な身体つきの娘だった。

「あの娘……！　たいした家柄でもないくせにっ……」

「どうせあの身体で、お役人さまを誘惑したのよ。ふしだらね。ああはなりたくないわ」

そんなやり取りを繰り返しながら、次々に妃たちの名が呼ばれていく。

――そして。

「百の妃、郭凛風」

最後に名を呼ばれた凛風は心の底からホッとした。

よかった。皇太后の力をもってしても、役人の算定を覆すことができなかったのだ。

立ち上がり頭を下げて再び座ると、隣の妃がくすくす笑った。

「百番目なんて、私なら今すぐ死んでしまいたいわ」

「本当、恥ずかしくて実家に顔向けできないわよね。でもあの娘、平気そうなのが、解せないわ。皆泣いてるのに」

実際、順位の低かった娘たちは皆一様に、泣き崩れている。立ち上がり返事をすることすらできない娘もいたくらいだ。

刺客であることを隠すためには、自分も泣き崩れた方がよいのだろうかと思うものの、そのように器用な真似はできなかった。

うつむき、好奇の目に耐えるだけだ。

また銅鑼が鳴り、妃たちが口を閉じる。

「これより、皇帝陛下がまいられる。皆、首を垂れて待つように」

突然の宣言に、妃たちが一気に色めき立った。

「ついにこの時がきたのね！　いったいどのような方かしら？　角を拝見することはできるのかしら？」

「あら、それはきっと無理よ。鬼の角はお力を使われる時にだけ、生えるという話だから。見た目は人間と変わらないけれど、精悍なお顔と屈強な身体つきは、宦官たちも見惚《みと》れるほどだという話よ」

凛風はひとりうつむいたまま、身を固くしていた。まさか皇帝がこの場に来るとは思わなかった。いずれ自分が手にかけなければならない相手を目にする勇気はまだないというのに。

もう一度、銅鑼がど－んと鳴る。

「皇帝陛下の御成り」

役人の言葉に皆一斉に首を垂れる。

するとと玉座の後ろの扉がギギギと開く音がした。コツコツという靴音を響かせて皇帝が部屋へ入ってきたようだ。しばらくして低い声が大極殿に響いた。

「面を上げよ」

周りの妃たちが言われた通りにする中で、凛風は頭を下げたままだった。どうしても勇気が出なかったからだ。

皇帝の顔を見てしまったら自分がしようとしていることの恐ろしさを実感して、すぐにでも逃げ出したくなってしまうだろう。

凛風がギュッと目を閉じた時。

「ご苦労であった」

皇帝はそう言うと立ち上がり、入ってきた扉から出ていった。ギギギと扉が閉まると同時に、また妃たちがざわざわとする。

「あ－ん、あれだけ？　もう少しお声を聞きたかったわ」

「だけど、噂《うわさ》通り素敵な方ねぇ。実家で拝見した肖像画以上だったわ。精悍なお顔立ちに切れ長の目。わたし、あのような美しい男性ははじめて見るわ。後宮入りしてよかったわぁ」

「本当に。それに驚くほど背が高い方なのね。逞《たくま》しくて素敵だった……。鬼のお力を使われるところも見てみたいわ」

皆が皇帝の容姿について口々に褒める中、また銅鑼が鳴り、役人が声を張り上げる。

「では、これより後宮入りしていただきます」

周りが一斉に立ち上がる。凛風も皆に従った。

大極殿の裏に位置する清和殿《せいわでん》と呼ばれる建物が、皇帝が普段過ごす場所である。建物全体に人間にはわからない結界が張ってあり、不審な者が足を踏み入れると皇帝である暁嵐にわかるようになっている。

暁嵐が外廊下を足早に進み私室へ入ると、側近の秀宇《シウユー》が首を垂れて待っていた。扉が閉まると同時に、暁嵐は漆黒《しっこく》の外衣を脱ぎ捨てる。腰掛けに身を預け、長い脚を組む。黒い髪をかき上げ、切れ長の目で側近を見ると、彼は口を開いた。

「暁嵐さま、お妃さま方との顔合わせ、お疲れさまにございます」

「ああ」

「いかがでしたか」

「べつにどうということはない。いたのはわずかな時間のみだ」

　顔合わせといっても、暁嵐は妃たちに興味があるわけではない。ただ国の慣例に則って足を運んだまでのこと。

「ですが、少々意外でした。皇太后さまがご用意された後宮の儀式に暁嵐さまが参加されるとは」

　含みのある側近からの言葉に、暁嵐はふっと笑った。

「茶番に付き合うくらいはするさ、相手は一応皇太后だ」

「ですが、これまでのいきさつを考えると、なにもないわけがありませぬ」

「まぁな」

　暁嵐は肘をついて頷いた。

　息子を帝位につけたいと願う皇太后が、自分の命を狙っているのは宮廷では知らない者はいない。

　皇太后は、先帝の力が衰えた頃からやりたい放題しはじめた。

　お気に入りの取り巻きたちを要職につけ、賄賂《わいろ》で私服を肥やし贅沢三昧。宮廷には腐敗が蔓延《はびこ》り国は乱れた。皇帝の力が弱まったことにより、国の端で魑魅魍魎に人が喰われてもなんの対策も立てなかったのだ。

　今も、自分の息子を帝位につけて、さらに権力を維持し続けたいと暁嵐の命を虎視《こし》眈々《たんたん》と狙っている。

暁嵐が即位してまず取りかかったのは、魑魅魍魎の平定だ。自ら国境へ出向き、結界を張り直した。そちらについては落ち着いたといえるだろう。

そして次に、宮廷内に蔓延っている腐敗の一掃に取りかかっているが、これについては未だ道半ば。たくさんいる家臣のうち、どの人物が皇太后と通じているのか確たる判断がつかずにいる。

皇太后を排除するのが一番手っ取り早いのだが、明確な証拠がない状態ではそれもできない。のらりくらりやりながら、相手が尻尾を出すのを待っている。

「こちらから潜り込ませている間者からの話によると、昨夜皇太后さまは秘密裏にどこかへ行かれたご様子。この時期を考えると後宮と無関係ではないでしょう。妃の中にあなたさまの命を狙う刺客を紛れ込ませたのではないかと……」

秀宇からの報告に、暁嵐は笑みを浮かべた。

「まぁそんなところだろう」

幼い頃からずっと命を狙われ続けてきた自分が、こうして生きながらえているのは鬼の力が強いからだ。

暁嵐の力は父を遥かに超えていて、だからこそ父は一の妃だった皇太后の意見を退けてでも暁嵐を後継に指名した。もし皇太后の望み通り、弟の輝嵐が即位したらまた国は荒れるだろう。彼はその器ではない。

だがそんな自分でも、妃と褥をともにしている時だけは力が弱まるとされている。

国の中でも皇族とごく近しい者しか知らないことだが、当然皇太后は知っている。その時を見逃すはずがない。

「今、どの妃が皇太后の息がかかった者なのか、調べておりますゆえ、それまでは陛下……」

「わかっている」

暁嵐は、秀宇の言葉を遮った。

「どの妃も寵愛するつもりはない。そもそも女にかまっている暇は今の俺にはないからな。国を立て直すのが先だ」

人間から捧げられる生贄の娘など、無駄な決まりごとだと心底思う。後継を残すことは国にとって必要だが、複数の妃は必要ない。複数の妃に複数の子があれば、今のような争いごとになるのは目に見えている。

皇帝の寵を争う女たち。

暁嵐がもっとも嫌悪するもののひとつだ。

暁嵐の母は、後宮女官だった人物で父から閨へと望まれたことにより、妃の身分に召し上げられた。

だが本当は、故郷に将来を約束した相手がいたという。女官の仕事を勤め上げ、あとひと月で実家に戻るというところで皇帝の目に留まった。許嫁《いいなずけ》がいるからと指名を拒めるはずもなく、閨へはべり子ができた。

その後は、当時一の妃であった皇太后にいじめ抜かれたという。女官から妃になったことで後宮では厳しい立場に追いやられたのだ。暁嵐は母が笑うのを見たことがない。

その母は、暁嵐が十になる年に亡くなった。表向きは、病死ということになっているが、皇太后による毒殺で間違いないだろう。なにせ食事を口にした直後にもがき苦しみ息絶えたのだから。

皇帝の寵を争い、相手の命を狙うなど、心底くだらないと暁嵐は思う。自分の代では同じ悲劇が起きぬように、後宮の妃は寵愛しないと決めている。

「とはいえ、いずれはお妃さまをお迎えいただかなくてはなりませんが……」

秀宇が遠慮がちにそう言った。

正直なところ暁嵐は、女に興味が持てなかった。いやそれどころかどこかで嫌悪しているようにも感じるくらいだ。

おそらく後宮にて虐め抜かれて命を落とした母を目の当たりにした経験がそうさせるのだろう。自分が女と心を通い合わせ愛し合うなど、想像もつかない。

そうはいっても、国のために血を残すのは必要だ。

いずれは、信頼できる女性を娶《めと》ることになる。

その時は、愛することはできなくとも、ただひとりの妃として、大切にすると決めている。信頼できる……そのような女がいれば……の話だが。

「わかっておる。しかるべき時が来たら、しかるべき相手を妃に迎える」

ため息まじりにそう言って、政務に戻るため立ち上がった。

第二章　残酷な出会い

後宮は、巨大な樹木のような形をした建物である。真ん中に広い大廊下が真っ直ぐに通っていてそこからいくつもの細長い廊下、小廊下が枝のように延びている。その廊下に葉が連なるように妃たちの部屋が並んでいるのだ。

根元の部分は、皇帝と妃が謁見する時に使う大広間になっていて、その先は皇帝の住まいである清和殿。一の妃から順に若い数の妃たちが清和殿に近い部屋を割りあてられる。当然凛風は、木で言う先っぽの一番奥の部屋だ。

後宮入りして二十日が過ぎた日の午後。凛風は自分の衣服を抱えて小廊下を小走りで女官たちの詰所を目指していた。

妃たちの衣服は、夜、籠《かご》に入れて部屋の前に出しておけば、女官たちが回収して洗濯してくれる決まりである。

昨夜も凛風は決まりに従いそうしたのだが、朝起きると籠とともに部屋の中へ投げ入れられていたのである。しかも上から泥水がかかっていた。そのため仕方なく凛風は自分で洗おうと思ったのだ。

小廊下から大廊下へ合流する場所に凛風が通りかかった、その時。

「つっ……！」

なにかにつまずいて、そのままバタンと洗濯物とともに派手に転んでしまう。手と膝の痛みに顔を歪めながら起き上がると、くすくす笑う声が聞こえる。振り返ると九十九番目の妃を含む数人の妃たちが凛風を見下ろしていた。

「あら、ごめんなさい。足が引っかかってしまったわ。だけど、そんな風に走るなんて、はしたなくてよ」

九十九の妃が、意地悪く言った。

「仕方がないわよ、この娘たいした教育も受けてないのでしょうし」

別の妃が答えた。

「本当、こんな娘を後宮入りさせるなんてご実家はどういうおつもりなのかしら？」

「田舎貴族だもの、仕方がないわ」

嫌みを聞きながら凛風は散らばってしまった衣服を拾い集める。

くすくす笑いながら彼女たちは去っていった。

凛風は立ち上がり、衣装を抱え直しまた歩きだした。

後宮入りした時から、百番目である凛風は他の妃たちからどこか敬遠されていた。最初のうちはいない者として扱われていたのだが、十日を過ぎた頃からこのようなあからさまな嫌がらせが始まった。

理由は、たくさんあるのだろう。

凛風がどう見ても後宮に相応しくない娘であること。

最下位の妃であること。

だが一番の理由は、皆が後宮に入って以来、皇帝が一度も妃を閨に呼んでいないことだろう。

毎朝、皇帝と妃たちは大広間にて謁見を行う。その際に、その日の夜に寝所に呼ぶ妃を皇帝の口から指名する。なにも言わなければ、若い数の妃から順に寝所を訪れる決まりだ。

だが彼はこの二十日間一度も妃を指名しなかった。それでいて順番通りの妃の訪れも拒否している。

はじめは戸惑うばかりだった妃たちも、次第に苛立ち、不満に思うようになっていった。どうなっているのかと宦官に詰め寄る者もいるくらいだ。

おそらくはその苛立ちが、凛風に向かっているのだ。

でも凛風はそれをつらいとは思わなかった。除《の》け者にされるのは慣れている。ちゃんとした食事ができて、雨風がしのげる部屋があるのだ。実家よりは格段にいい。

女官詰所にて、水場を借りて洗濯してもいいかと尋ねると、年嵩《としかさ》の女官は迷惑そうに眉を寄せた。

「そのようなこと、お妃さまにしていただくわけにまいりません。どうぞお任せくださいませ」

立場は凛風の方が上だが、彼女にとって最下位の妃など、敬うに値しない相手なのだろう。

「申し訳ありません、お願いします」

凛風が洗濯物を渡すと、彼女は思い出したように口を開いた。

「百のお妃さま、ちょうどようございました。湯殿の件でお話がございます。女官たちから、百のお妃さまはこちらに入られてから一度も湯殿を使われていないと聞いております。なぜですか？　常に身綺麗にしておくのはお妃さまの義務ですよ」

後宮妃が使う湯殿は、源泉から湯をひいている広いもので、朝から晩まで皆が自由に入ることが許されている。そこで身体を磨き、髪を梳き、皇帝からの閨へのお召しに備えるのが、後宮妃の務めである。

でも凛風はまだ一度も湯殿を使ったことはない。身体の傷を見られたくないからだ。恥ずかしいというよりは、そんな傷がある妃が後宮にいることを怪しまれ、刺客だということを気づかれてはいけないと思ったのだ。

「私、身体に少しだけ傷があるところがありまして……。部屋で毎日行水しておりますので、清潔にはしております。お許しくださいませ」

凛風は控えめに事情を明かす。

「行水を……」

呟《つぶや》いて、女官は凛風をじろじろ見た。そして清潔にしているという凛風の言葉が本当だということを確認して一応納得した。

「ならまぁ、よいでしょう」

凛風は頭を下げてその場を立ち去る。

部屋へ戻ろうと、今来た廊下を歩いていると声をかけられて足を止める。

「もし、百のお妃さま」

この二十日間で見かけたことのない女官だった。

「湯殿をお使いになれないのであれば、露天の湯殿をお使いになられてはいかがですか？」

「露天の湯殿？」

「はい、何代か前の皇帝陛下が、後宮妃と一緒に湯浴みをされるのがお好きでして、その際に使われていた場所にございます」

唐突な提案に、凛風は戸惑う。皇帝と妃のための湯殿を自分が使っていいとは思えない。

「今はもう閉鎖されておりますので、人はまいりません」

「ですが……」

凛風としては行水でもなんの問題もない。

女官がにっこりと微笑んだ。

「古来より温泉の湯は傷を癒やすと言われます。毎日入れば、お身体の傷も目立たなくなるでしょう」

『傷を癒やす』という言葉に凛風の心が少し動いた。

「後宮長さまには、私からお許しをいただいておきますゆえ。お叱りを受けることはございません」

その言葉に背中を押されて、凛風はためらいながら頷いた。


「陛下、今宵はどのお妃さまを望まれますか？」

妃たちが一同に会する広間にて。玉座に座った暁嵐に、丞相が問いかけた。毎朝恒例の皇帝によるその日の夜閨にはべらせたい妃の指名である。

「呼びたい妃はない」

答えると、丞相が心得たように頷いてまた口を開く。

「かしこまりました。では今宵は一の妃さまにお渡りいただきます」

皇帝に希望がなければ、一の妃から順に皇帝の寝所に召される決まりになっている。歴代の皇帝があたりまえに受けてきた慣習を、暁嵐は即座に拒否した。

「私は今宵、どの妃も望まない」

はっきりと言い切ると、その場が微妙な空気に包まれた。

「な、なれど、陛下……」

「皆大義であった」

丞相の言葉を遮り暁嵐は立ち上がり謁見を終了した。

大広間を出ると、政務に向かう前に一度清和殿へ寄る。正装から少し緩い服装に着替えるためだ。私室では秀宇が出迎えた。

「暁嵐さま。お疲れさまにございます」

「ああ」

答えながらため息をつき舌打ちをする暁嵐に、秀宇が口を開いた。

「お苛立ちのご様子。後宮の件にございますか？」

「ああ、毎朝毎朝、同じやり取りをするのがうっとうしくてたまらない。しばらく女はいらんからあのやり取りをなくせと丞相に言ったのだが、決まりを破るわけにいかないと拒否された」

「丞相さまは、決まりごとを大切にされる方ですから」

「茶番に付き合うとは言ったものの、予想以上に面倒だ」

腰掛けに座り、秀宇を見る。

「どの妃が刺客か調べはついたか？　さっさと見つけ出し、皇太后もろとも宮廷から追い出してやる」

「申し訳ございません。あちらも相当用心深く……。かの夜、皇太后さまが誰の邸を訪れたのか、知っている従者に、あと少しで繋ぎをつけられるというところまで行ったのですが、変死してしまいました」

その言葉に、暁嵐は眉を寄せる。

「……死んだ？」

「ええ、おそらくは皇太后さまに処分されたのでしょう」

暁嵐は深いため息をついた。

たとえ皇太后側の人間だとしても死んだと聞けば胸が痛む。亡くなった母を思い出すからだ。

国が乱れれば、弱き者が割を食う。声をあげられぬまま命を落とすのだ。

暁嵐が、早く皇太后の尻尾を掴《つか》み、無用な権力争いを終わらせたいと思う理由のひとつだった。国を安定させ、弱き者が意に沿わぬことを強いられることのない世を作りたい。

黙り込む暁嵐に、秀宇が笑みを浮かべて口を開いた。

「早急に特定を急いでおりますので、しばしお待ちくださいませ」

「ああ、だが無理はするな。こちらから潜り込ませた間者が命を落としては意味がない。おおかた閨にはべる可能性が高い妃だ。一の妃は露骨すぎるが、数の若い娘からのようなわかりやすいことはなさらないでしょう。陛下のご気性をよくご存じですから」

「ですが皇太后さまは、陛下が後宮の妃たちを拒否されることなどご承知のはず。そ

調べれば」

秀宇の言葉を疑問に思い、暁嵐は聞き返す。

「俺の気性？」

「はい、弱き者にお優しい」

胸の内を読んだような秀宇の言葉に、暁嵐は彼から目を逸《そ》らした。

秀宇は、母亡き後暁嵐を養育してくれた、母の古い友人だった女官の息子だ。一緒に育ったようなものだから、暁嵐のことはなんでも知っている。

「権力を笠に着る者を嫌悪されることもご存じのはず。一の妃は丞相の娘です。二の妃も同じようなもの……むしろ、私は、順位が低く無欲に見える妃があやしいと踏んでおります。偶然を装い近づき、何食わぬ顔で陛下に取り入ろうとするかと……」

「あいわかった。だがいずれにせよ後宮妃と会わなければ問題ないのだろう」

「はい、そうしていただけるとありがたいです」

そこで言葉を切り、口元に笑みを浮かべた。

「しばらく、お寂しい夜になると存じますが、こらえてくださいませ」

秀宇からの冗談を暁嵐は鼻で笑った。

「俺は夜も忙しい。妃などに会っている暇はない」

すると今度は渋い表情になる。

「黒翔《コクショウ》の世話にございますか」

「ああ、この季節はよく湯に浸けてやらないと」

黒翔とは、暁嵐の愛馬である。どの馬にも負けない脚を持っているが、この季節は脚に血が溜《た》まりやすい。毎晩、源泉から引いてきた湯に浸けてやり、血が溜まらないようにしているのである。

気性が荒く、主人と認めた者にしか触らせないため、世話は厩の役人ではなく、暁嵐自らがする。

「またあの使われていない湯殿に通っておられるのですね。ですが、なにも夜中でなくとも。昼間にされてはいかがですか。従者を連れて」

「夜中しか暇が取れん。従者がいては黒翔が嫌がる。案ずるな、俺に力で敵う者などいない」

「それはそうですが……。とにかく近づく女子にお気をつけを」

側近からの忠告に、暁嵐は頷く。そして考えながら呟いた。

「順位の低い無垢《むく》な娘、か……」

女官に教えてもらった湯殿は、城の敷地のはずれにあった。かつては皇帝と妃が湯浴みを楽しんだ場所だからだろう。うっそうとした木々に囲まれて周囲からは見えないようになっている。

今は放っておかれているという話の通り、人気《ひとけ》はまったくない。女官に渡された案内図がなければ、そこに湯殿があることなど気がつかなかっただろう。

木々に囲まれた湯殿の先は小川のようになっていて、たっぷりの湯がそこから注ぎ込まれている。

もうもうと立ち込める湯気に、凛風の胸は高鳴った。行水でもなんの問題もないとは言ったものの、やはり湯に浸かれるのは嬉しい。

周囲を見回し、誰もいないことを確認してから衣服を脱いで岩場に置き、そっと足先をつける。少し熱めの湯が気持ちよかった。ゆっくりと入り、肩まで浸かって目を閉じると、湯の温もりが身体の芯《しん》まで染み渡る。

白い息を吐いて見上げると、頭上には満天の星。煌《きら》めく星を見つめながら、凛風は不思議な気持ちになる。

後宮入りしてからの凛風は想像していたよりも平穏な日々を過ごしている。他の妃に虐められはするものの、食事と温かい寝床が用意されている。いつ継母に呼びつけられて叩かれるかと怯《おび》えることのない安心な生活だ。やりきれない用事を言いつけられて一日中走り回りくたくたになることもない。

こうしていると、自分に過酷な使命が課せられていることを忘れてしまいそうになる。このまま時が過ぎ去って、皇太后が皇帝暗殺を諦めてくれればいいのにと願わずにはいられなかった。

そうしたら、またいつか浩然と会えるかもしれない。大切な弟を抱きしめることができるかもしれないのだ。

――多くを望むのは危険だ。叶わなかった時に、つらい思いをすることになるから。

それはわかっているけれど……。

そんなことを考えながら湯に浸けて温かくなった両手を、凜風が顔につけた時。

「何者だ」

ガサッという音とともに、背後から低い声が鋭く凜風に問いかける。ビクッとして振り返ると、湯気の向こうに大きな黒い馬を連れた背の高い男性が立っていた。

「きゃ！」

思わず凜風は声をあげて顎まで湯に浸かる。突然のことに驚きすぎて、問いかけに答えられなかった。

女官からここには誰も来ないから大丈夫と言われていたのに……。

馬を連れている男性は、宦官の証《あかし》である三つ編みはしておらず、役人の服ではない部屋着のような簡易な服装だ。馬を連れているのだから、厩の役人のようにも思えるが、それにしても雰囲気が普通の人とは異なっていた。

漆黒の髪と切れ長の目、すっと通った鼻筋。これほど端正な顔立ちの男性を目にするのははじめてだ。しかも背が高く逞しい身体つきではあるものののどこか高貴な佇《たたず》まいもある。射抜くような鋭い視線に、心が震えるような心地がする。

「答えろ。お前は誰だと聞いている」

再び威圧的に問いかけられて、凛風は慌てて震える唇を開いた。

「郭凛風と申します……！　百の妃にございます」

相手が誰かもわからないうちに、身元を明かすべきではないのかもしれない。だが、とにかくこちらがあやしい者でないと示す必要がありそうだ。そうでなければ、すぐにでも命を取られかねない、そんな考えが頭をよぎるほどに、男性が放つ空気がぴりぴりと張り詰めている。

男が眉を寄せて呟いた。

「……百の妃？」

「こ、後宮長さまの許可を得て湯浴みをしておりました」

「なぜこのような場所で湯浴みをする。後宮には妃のための湯殿があるだろう」

「そ、それはその……。私は身体に醜い傷がありますので、他のお妃さま方のお目汚しにならぬようにと思いまして……」

凛風は、問われるままに事情をすべて口にする。その内容に、男性が目を細めた。

「傷？　後宮で揉《も》めごとでもあったか？」

「え？　い、いえ。そうではありません。古い傷でございます」

「……なるほど」

ようやく男性は納得して口を閉じる。そしてそのまま形のいい眉を寄せて考え込んでいる。

凛風の胸がドキドキとした。実家の敷地からほとんど出してもらえずに育った凛風にとっては、彼のような男性と話をするのははじめてだからだ。しかも湯気でよく見えないとはいえ、自分は肌を晒《さら》している状況。これ以上耐えられそうにない。

なんとかあがれないだろうかと考える。

とりあえず湯の中で着替えと手拭いが置いてある岩場に近い場所まで移動して……。

だがその時、男性の隣の馬がぶるんとひと鳴きし、かっぽかっぽと歩いてきた。そのままざぶざぶと湯の中までやってきて、岩場と凛風の間に膝を折り体まで浸かる。

凛風は目を丸くする。馬が湯に浸かるところなど見たことがない。

「黒翔、お前……」

男性にとってもこの行動は意外だったようだ。驚いたように問いかけ、手綱を引く。だが黒翔と呼ばれた馬はどこ吹く風で気持ちよさそうに目を閉じて動く気配はない。黒い艶のある毛並みと締まった体つき、濡れたような黒い目の美しい馬だった。

「気持ちい？」

思わず凛風は問いかける。久しぶりに馬をすぐ近くで見られて、少し心が浮き立った。黒翔は瞼を上げて凛風をちらりと見る。そしてまた目を閉じた。

口元に笑みを浮かべる凛風に、男性が訝《いぶか》しむように問いかけた。

「お前、馬が怖くはないのか？」

ハッとして、凛風は慌てて笑みを引っ込めた。

「こ……怖くはございません。実家では馬の世話をよくしておりましたから」

「馬の世話を？　お前がか？」

そこで凛風はしまったと思い口を閉じる。後宮に上がるよう育てられた娘は普通は馬の世話はしない。不審に思われ、刺客だということがバレたら大変だ。

どう言えばこの場を切り抜けられるのか、凛風は一生懸命考えを巡《めぐ》らせる。だが頭が茹《ゆ》で上がるような心地がしてうまく考えがまとまらなかった。

のぼせてきたのだ。

パタパタと手で顔を扇《あお》ぐ凛風に、男性が眉を上げる。岩場に置いてある凛風の手拭いを取り、目線だけで合図してから、凛風に向かって放り投げた。

受け取ると、さりげなくこちらに背を向ける。今のうちにあがれということだろう。

凛風は素早くあがり衣服を身につけた。

彼から放たれる空気は異常なまでに威圧的だが、悪い人物ではないのかもしれない。

「ありがとうございました」

広い背中に声をかけると、彼は振り返り、湯から出てきた黒翔の脚を拭きはじめた。

言動はやや威圧的だが、その手つきは意外なほど優しかった。

彼は馬に湯浴みをさせるためにここへ来たのだろうか。

「都では、馬も湯に浸かるのですか？」

脚を拭いてやった後、たてがみを撫でる様子を見つめながら尋ねると、男性はちらりとこちらを見て口を開いた。

「血瘤《けつりゅう》をできにくくするためだ。熱い湯に浸かると血が流れやすくなる」

血瘤とは馬の脚にできる出来物だ。それで命を失うことはないが、場所によっては走るのに支障をきたす。

凛風も、実家では白竜にできないように気をつけていた。

「湯に浸かって……確かによい方法ですね」

男性が凛風を見て目を細めた。

「本当に異な妃だ。馬の病にまで精通しているとは」

「え!? あ……いえ、その……」

「まあよい。……血瘤は、なってしまったら針で刺して溜まった血を出すしかないからな」

「針で!? それはいけません」

凛風は思わず声をあげた。

「傷が膿《う》んで脚を失う馬もおります。それよりも、脚を指圧してやる方が……」

「指圧を?」

頷いて、凛風はそっと黒翔に近寄る。自分を見つめる大きな黒い目に、問いかけた。

「少し脚を触らせてもらってもいい?」

黒翔がふんっと鼻を鳴らす。

「ありがとう」

凛風は脚にそっと触れ、実家の下男から教わった通りに、脚を指で押してゆく。黒翔は抵抗することなく気持ちよさそうにしていた。

男性が驚いたように目を見開き、そのままじっと凛風と黒翔を見ている。その視線に、やはり不審に思われているだろうかと凛風は思う。

後宮入りするような娘が、馬の指圧をするなど本来はあり得ない。今すぐにやめるべきだ。でもそれよりも凛風にとっては、黒翔の脚の方が大切に思えた。漆黒の毛並みを持つこの賢い馬が脚を失うなど耐えられない。

「予防にもなりますから、毎日湯からあがった後にしてあげてください」

凛風は、前脚、後脚すべてに指圧を施していく。

最後の脚を終えると、黒翔はぶるんと鳴いて、凛風の頬を鼻でつついた。礼を言っているのだろう。

凛風も艶々の毛並みに頬を寄せた。

「気持ちよかった？」

こうしていると故郷の白竜を思い出す。

凛風がいなくても大切にしてもらえているだろうか？　馬は一家の財産だから、心配ないと思うけれど……。

頬の温もりを心地よく感じながら目を開くと、男性が口を開いた。

「明日もこの時刻に」

「……え？」

「明日からも湯浴みに来るのだろう。今宵と同じ時刻にしろと言っている。ここは俺以外は誰も来ないはずだが、夜更けに妃がひとりで湯浴みをするなど物騒だ」

では彼は、明日から凛風が湯浴みをする間、なにごとも起こらぬよう見張っていてくれるつもりなのだろうか。

威圧的に言い放ってはいるものの、ずいぶん親切な申し出だ。

でもそれに甘えるわけにはいかない。見ず知らずの人にそこまでしてもらう理由はない。戸惑いながら、凛風は首を横に振った。

「け……結構です。明日からは後宮内の湯殿にて湯浴みをしようと思います」

「それができぬから、お前は今宵ここへ来たのだろう」

「それは……そうですが。そのようなことをお願いするわけには……」

異様なまでの風格とはいえ、間違いなく彼はここの役人だ。ならばさまざまな役割に従事しているはず。凛風のためにわざわざ時刻を合わせてもらうのは申し訳ない。

そう思い凛風は断ろうと思ったのだが。

「代わりにさっきの指圧を黒翔にしてやってくれ。こいつは気性が荒く、俺以外の者には体を触らせない。俺がやればいい話ではあるが、お前の方が効果がありそうだ」

「他の者には体を触らせない……」

呟きながら黒翔を見ると、まるで会話の内容がわかっているかのように、濡れた目で凛風を見ている。その目にまるで黒翔自身に頼まれているような気分になるが……。

「この時刻だ。わかったな」

迷う凛風に男性はそう言って、黒翔とともに踵《きびす》を返す。

「あ……！」

凛風の答えを聞かずに、男性は暗闇の木立の向こうへ去っていった。

予想外の出来事と、思いがけない成り行きに、唖然《あぜん》として凛風はその場に立ちつくした。

若い男性と言葉を交わすのもはじめてだったというのに、明日も会う約束をしてしまったのだ。鼓動はドキドキと鳴ったまま一向に収まる様子がない。

やはり身分を明かしたのは間違いだった。

最下位とはいえ凛風も一応皇帝の妃。役人である彼は、放っておくことができなかったのだろう。役目の一環として、湯浴みの見張りを買って出た。

申し訳ないのひと言だ。明日きちんと断ろう。

凛風はそう心に決めて、自分も後宮への道を歩きはじめた。

厩に黒翔を繋いで振り返ると、月明かりの中に秀宇がいた。

「お疲れさまでございます、暁嵐さま」

「わざわざ待たなくてよい。奇襲を受けても俺を殺められる者などいない」

「それは承知にございますが、それにしても少しお戻りが遅いような気がしまして」

過保護な、と暁嵐は苦笑する。

だがそれも仕方がないのかもしれない。幼い頃から一緒に育った彼は、暁嵐が皇太后の手によって殺されかけたところを何度も目撃している。不意をつかれて万が一という可能性を心配しているのだろう。そのようなことになり皇太后が実権を握れば国は確実に破滅の一途を辿《たど》る。

早足で私室へ向かいながら、暁嵐は秀宇の疑問に答えた。

「湯殿に湯浴みをする女がいた」

「湯浴みをする女……でございますか」

「ああ、百の妃、郭凛風と名乗っていたな」

「なっ……！　百の妃ですと⁉」

秀宇が目を剥《む》いた。

「そ、それは今朝の話通りではありませぬか！」

「声を落とせ、秀宇。清和殿の外だ」

叱責すると彼は一旦口を閉じる。結界の中に入りすぐにまた口を開いた。

「暁嵐さま、これは皇太后さまの罠《わな》にございます！」

「まぁそうだろうな」

暁嵐が一度も妃を閨に呼んでいない状況で、順位の低い妃が何食わぬ顔で接触してきたのだ。偶然ではないだろう。そもそも本来なら後宮か寝所以外で、皇帝と妃が顔を合わせること自体ほとんどない。

「とりあえず、しばらく様子を見る。お前は百の妃の実家を洗え」

私室に入ると、部屋の中は照明が落とされ、すぐにでも休めるよう整えられていた。

「様子を見るとは……まさかまたお会いになるおつもりですか？」

「もちろんそうだ。会わずして相手の出方を探ることはできぬだろう」

「で、ですが、あやしいなら身元を洗えばいいだけの話では!?　なにも暁嵐さま自ら……」

「落ち着け、秀宇」

暁嵐は寝台に座り、ため息をついた。

「あの妃が刺客だとしても、閨の場でなければなにもできん。むしろ皇太后の尻尾を掴むまたとない機会だ」

百の妃が刺客であるという証を掴み、皇太后の名を吐かせれば、皇太后一派を一掃する足がかりになる。

「とにかくお前は、百の妃の身元を洗え、必要ならば実家がある地方へ足を運んででもだ。わかったな」

有無を言わせずそう言うと、秀宇は渋々頷いて下がっていった。

暁嵐は寝台の上にゴロンと横になり、天蓋《てんがい》を見つめ考えを巡らせる。

百の妃、郭凛風。

わざわざ秀宇に言われなくとも、暁嵐とて限りなく黒に近いと踏んでいる。今のところ不審な点は状況だけ。それでも、生まれた時から命を狙われ続けてきた暁嵐の勘が、彼女は黒だと告げている。

あの場では、まるで暁嵐を皇帝と知らない素振りを見せていたが、おそらくそれも策のうち。無垢なふりをしているのだろう。

なんならあの場で拘束し、無理やり吐かせてもよかったのだ。たかだか小娘ひとり、術にかければすぐに音《ね》を上げるだろう。

……だが暁嵐はそうしなかった。

理由は、愛馬黒翔だ。

黒翔は人よりも知性があり、相手の本質を見抜く力がある。幼い頃からそばにいた暁嵐のみを信頼し、人間を寄せ付けない。その黒翔が、彼女に身を任せていたという事実が、暁嵐を思いとどまらせた。

彼女に二心あって、暁嵐に近づいているならば、すぐにでも黒翔が蹴り飛ばしていたはず……。

あの場ではどうするべきか判断がつかず、暁嵐は彼女と明日も会うことにしたのだ。少々強引に約束を取り付けたが、彼女が刺客なら好都合とばかりに明日も姿を見せるはず。

あやしいと思ったのなら、身元を洗えばいい。

秀宇の言うことはもっともだ。その方が安全だとわかっている。

だがそれでも暁嵐は自分で確かめたいと思ったのだ。早く皇太后の尻尾を掴み、平和な世を作りたい。今まで数えきれないほど命を狙われてきた皇太后との決着を自分でつけたいという気持ちもある。

郭凛風の正体を暴き皇太后の名を吐かせれば、長年の恨みを晴らし母の仇《かたき》を打つことができるのだ。

──明日には、必ず。

薄暗い中、空を睨み暁嵐はそう心に決めた。

次の日の夜更け、同じ時刻に湯殿へ行くと、黒翔を連れた男性はすでにそこにいた。岩場に座り腕を組んでいる。凛風に気がつくと湯殿を顎で指し示した。

「お前が先に入れ。黒翔が入ると湯が濁る」

「わ、私の湯浴みは結構です。今日は黒翔の指圧だけ……」

凛風は、あらかじめ決めていたことを口にする。明日からはもうここへは来ないと言わなくてはと考えていると、男性が眉を寄せて凛風を睨んだ。

「それでは来た意味がないだろう」

「今宵は、黒翔の指圧をしにまいりました……ですが明日からは……」

「いや、そうではない」

男が言って、黙り込む。そして小さな声で「まどろっこしい」と呟いた。

「え……？」

「いいからさっさと湯浴みをしろ。俺はそれほど暇ではない」

威圧的な物言いに、凛風はビクッと肩を揺らす。そのような言い方をされては従うしかなかった。命令されると否と言えない。たとえ相手が父と継母でなくとも、凛風の身体にはそれが染みついている。

言われた通りに服を脱ぎかけて、男が鋭い視線でこちらを見ていることに気がついた。手を止めて恐る恐る口を開く。

「あの」

「なんだ？」

「……こちらに背を向けて……いただきたいのですが……」

命令とはいえ男が見ている前で湯浴みをする勇気はない。昨夜もそうしてくれたのだから今夜もお願いしていいだろう。凛風はそう思ったのだが、なぜか男性は怪訝な表情になる。不快、というよりはなぜそのようなことを言うのだと疑問に思っている様子だ。

「背を向けてほしいのか?」

「そ、そうしてくださるとありがたいです……」

頷きながら凛風は頬が熱くなるのを感じていた。湯浴みを見られるのを恥ずかしがるなど、見張りをしてもらっているのに不躾《ぶしつけ》な言葉だったかもしれない。

男が、赤くなる凛風に気がついたように目を見開き咳払《せきばら》いをする。

「まぁ……そうか」

呟きこちらに背を向けた。

安堵して、凛風は服を脱いで湯に浸かった。

手脚を伸ばして目を閉じる。少し落ち着かないけれどやはり湯に浸かると気持ちい い。とはいえ、あまりゆっくりはできない。早々に髪を洗い、あがらなくてはと思っている と。

「おい」

男性の声とともに、黒翔がこちらに歩いてくる。そしてドボンと湯に浸かった。

「黒翔、お前は後だ。湯が濁るだろう」

男が言って手綱を引こうとする。

凛風はそれを止めた。

「わ、私は大丈夫です。こちらは上流になっておりますから、湯は濁りません」

気持ちよさそうにしている黒翔に向かって手を伸ばす。

「ついでにたてがみの手入れもしようか」

黒いたてがみを濡れた指で丁寧に梳《す》いてゆくと、黒翔が嬉しそうにぶるんと鳴いた。

自分の髪も洗い、湯から上がると、次は指圧を施してゆく。

自分を見つめる男性に、落ち着かない気持ちではあるものの、黒翔の身体に触れるたび、綺麗な瞳と目が合うたびに胸が弾んだ。

「気持ちいい？　強すぎたら教えてね」

指圧が終わり、黒い毛並みを手で撫でて立ち上がる。ふと思い立ち、黒翔の体に手をついたまましばらく考える。恐る恐る振り向いて、思い切って口を開いた。

「あの……櫛をお持ちではないですか？」

「櫛？」

「は、はい。黒翔の毛並みを整えてやりたくて。濡れたから少し乱れておりますし……」

凛風が頼まれたのは指圧だけ。毛並みを整えてやるのは厩戸の役人である男性の役割だ。それはわかっているけれど、艶々の黒い毛並みに触れていたらどうしても整えてやりたくなったのだ。

男性が怪訝な表情になった。

その反応に凛風はドキッとする。毛並みの手入れは馬と人との信頼関係を築くための行為でもある。関係のない凛風にやりたいなど言われて、不快に思われたのかもしれない。叱られるかと不安になるが、男性は首を横に振っただけだった。

「いや、今はない。……明日は持ってこよう」

その答えに凛風は慌てて口を開く。

「え？　あ、明日は……！」

〝もう来ない〟と言わなくては。

でもそこで袖を引っ張られて振り返る。黒翔が凛風の袖を咥《くわ》えて、濡れた目でこちらを見ていた。その目に、凛風の気持ちがぐらりと揺らぐ。男性の提案を断れば、もう黒翔には会えないのだ。

「……お、お願いします」

黒翔がぶるんと鳴いて凛風の頬をつついた。そのくすぐったい感触に、凛風の頬に笑みが浮かぶ。男性には申し訳ないと思いつつ、また明日も黒翔の手入れができるのが嬉しかった。

「おやすみ」

いつまでもこうしていたいくらいだがそういうわけにはいかない。凛風は男性に向き直る。

「今宵はありがとうございました」

そして後宮に戻ろうと男性に背を向けかけたところ。

「きゃっ！」

濡れた地面に足を滑らせ身体の均衡を崩してしまう。

目を閉じて地面にぶつかることを覚悟するが、いつまでもその衝撃はやってこなかった。恐る恐る目を開くと、代わりに逞しい腕が自分の腰を支えている。

驚いて振り返るとすぐ近くに男性の漆黒の瞳があった。彼が転びそうになった凛風を支えてくれたのだと気がついて息を呑《の》んだ。

鼓動がドクンと大きな音を立て、頬が燃えるように熱くなった。凛風にとって男性とこれほど接近するのははじめてのことだ。動揺して息をすることも忘れてしまうくらいだった。

礼を言うこともできずにいる凛風を、彼は軽々と抱き上げる。

「っ……！」

突然の彼の行動に、驚き身を固くする凛風を抱いたまま彼は移動し、乾いた地面にそっと下ろした。その腕と仕草は彼が放つ威圧的な空気からは想像できないほど優しかった。

「暗いと足元が見えぬ。黒翔の周りはぬかるんでいるから気をつけろ」

「あ、ありがとうございます……」

混乱したまま目を伏せて掠《かす》れた声でようやく凛風は礼を言う。けれど再び彼の顔を見ることはできなかった。

「お、おやすみなさいませ……」

そのままくるりと踵を返して後宮に向かって足速に歩きだす。

少し冷たい夜の空気が頬を撫でるけれど、火照《ほて》りは一向に収まらなかった。

彼の腕の感触が、いつまでも残っているような気がした。


「暁嵐さま」

厩に黒翔を繋ぎ振り向くと、昨夜のように秀宇がいた。

暁嵐はため息をついた。

「過保護も大概にしろ」

「ですが……今宵、百の妃はいかがでしたか？　陛下に取り入るような様子は？」

問いかけられて、暁嵐はしばらく考えてから口を開く。

「……特にそのようなことはなかった」

「そうですか。慎重にことを進めるつもりなのでしょう。その気がないふりをするのは男女の駆け引きではよくある策にございます」

秀宇の言葉に、暁嵐は黙り込む。

鬼の力では人間の心を読むことはできない。だが生まれた時から命を狙われて常に間者を警戒してきた経験から、相手の視線や声の調子、仕草から、だいたいの思惑を読む力が暁嵐には備わっている。

今夜は、全神経を集中させて郭凛風を観察した。

だが彼女は刺客らしい素振りを見せなかった。

暁嵐の気を引きたいならば、目の前で湯浴みをするなど絶好の機会。なにか仕掛けてくるかと思ったが、そんな様子はまったくなく、ただ彼女は戸惑うのみ。どちらかというと黒翔との触れ合いを心から喜んでいるように思えた。

将を射んと欲すれば先ず馬を射よ。

その言葉の通り、黒翔から懐柔しようとしているのだろうか？

濡れた地面に足を滑らせ、転びそうになったのが唯一それらしい振る舞いといえばそうかもしれないが、その後の動揺は演技だとは思えなかった。

真っ赤になり、暁嵐を見ることもなく一目散に去っていったのだから。

「……さま、暁嵐さま」

やや大きな声で呼びかけられて、今夜の出来事を思い出していた暁嵐はハッとする。

いつの間にか清和殿の中まで来ていた。

「百の妃の実家、郭家の件調べてまいりました。皇太后さまと交流はあるようです。ですが、郭家は皇太后さまのご実家と遠い縁戚関係にありますから、当然といえば当然。娘の件に関しましては、娘自身、後宮入りするまでは、都へ来たことがなかったようで判然としません。やはり一旦私が現地に飛ぼうと思います」

秀宇からの報告に、暁嵐は頷いた。

「そうしてくれ。お前が戻るまでには百の妃の思惑も突き止める」

「くれぐれも、毒婦にお気をつけくださいませ。調査は私にお任せいただき直接お会いになるのは控えるべきだと私は思います」

しばらく離れるからだろう。彼はいつもより強い口調で釘を刺す。

「わかった、わかった」

そう答えると、秀宇は心配そうにしながらも下がっていった。

扉が閉まると、暁嵐は寝台へ横になる。

目を閉じると瞼の裏に、今宵の郭凛風の姿がチラついた。黒翔を愛《いと》おしげに見つめる眼差しと、語りかける柔らかな声音が脳裏に浮かぶ。どうしてか胸の奥がざわざわと騒いだ。

秀宇の反対に背いて逢瀬《おうせ》を続けるのは彼女の正体を暴くため、それ以上の意味はない。

あたりまえすぎるその事実を頭の中で確認し、先ほどの秀宇の言葉を繰り返した。

「毒婦には気をつけろ……か」

そんなことはわかっている。いかに巧みに練られた策にも自分がはまることはない。

――だが。

暁嵐は目を開き自分の手を見つめる。

転びそうになった彼女を支えた時の感触がまだ残っているように思えた。あの瞬間、ふわりと感じた甘やかな香りと、すぐ近くで見た澄《す》んだ瞳が、暁嵐の中の熱いなにかを駆り立てた。

目の前で転びそうになったからただ支えただけなのだ。それならばそのまま手を離せばいいはずが、ほとんど無意識のうちに抱き上げ、安全な場所へ移動させたのはどうしてなのか……。

郭凛風。彼女と毒婦という言葉が、どうしても結びつかなかった。

第三章　許されざる想い

「こちらは裁可……こちらは県令の意見を聞く」

昼下がり、皇帝が政務を行うための黄玉《こうぎょく》の間《ま》にて。

山積みにされた巻物に素早く目を通し、暁嵐は決断を下していく。案件によって、目の前に並ぶ家臣たちの意見を聞きながら。

皇帝としての責務は多岐に渡る。

一番大切なのは、鬼の力を持って魑魅魍魎から民を守ること。

ふたつ目は正しい政治を行い、飢える者がいない国づくりをすることだ。

暁嵐のもとには、国中からたくさんの意見が集まってくる。

「こちら、南江《ナンコウ》からの報告にございます」

役人が暁嵐の前に広げた巻物に目を通し、暁嵐は眉を寄せる。報告には、近頃山で魑魅魍魎らしき陰を見た者が複数いるとある。今のところ人的被害はないようだが、聞き捨てならない報告だ。

早速暁嵐は目を閉じて、意識のみを空高くに飛び上がらせる。こうすると身体は宮廷にあっても国土の隅々まで見ることができるのだ。南江に意識を向けると、結界がやや弱まっている箇所がある。

暁嵐はすぐにその結界を張り直した。先帝の結界から張り直す際には実際に現地に出向く必要があったが、すでに自ら張った結界で国を守っている今は、ここからでもある程度のことができる。

「結界を強化した。もう案ずることはないと南江の者に伝えよ」

目を開いてそう言うと、役人が頭を下げた。

「陛下、ありがとうございます。次は、高揚の件にございます」

役人はそう言って、机の上に巻物を広げた。

高揚。

国の端のその地名と、百の妃郭凛風の姿が重なった。

毎夜彼女と会うようになってから、今日で十日目。逢瀬を重ねるにつれて、暁嵐は原因不明の苛立ちを感じるようになっていた。

彼女が刺客としてなにかをしたわけではない。

その逆で、まったくなにもないからだ。

毎夜暁嵐は、今宵こそ凛風は意味ありげな仕草で自分を誘うだろう、そしたら正体を暴いてやると思い、会いに行く。

だが一向にそんな様子は見られないのだ。

湯殿に来ると、彼女はまず遠慮がちに湯浴みをする。そして、一緒に湯に入りたがる黒翔を受け入れ、たてがみを洗う。背を向けた暁嵐の背後から聞こえるのは、黒翔に話しかける彼女の優しい声音とそれに答える黒翔の鼻息。両者とも実に楽しそうだ。

そして湯からあがると嬉々として黒翔の世話をするのだ。

指圧をして毛並みを整える。

その間、彼女はほとんど暁嵐を見ない。

――これほどまでにわからないものに出会ったのは、生まれてはじめてである。

状況からみて彼女が刺客なのは間違いないはずなのに、彼女自身に、まったくそんな様子がない。

このふたつの現象の乖離《かいり》に、苛立っているというわけだ。

この苛立ちは、早く正体を見せろというはやる気持ちからくるものだ。

早く皇太后の尻尾を掴み、宮廷に平穏をもたらすのが、皇帝としての責務なのだから。

彼女が尻尾を出せば好都合。

皇太后もろとも処分してやる。

早くそれらしいことをしろ。

だが今凛風が暁嵐を誘惑したとして、自分はすぐさま彼女を捕え糾弾することができるだろうか……？

「……か。陛下。いかがいたしましたか？」

尋ねられて、暁嵐はハッとする。巻物に書かれてある内容はそれほど複雑ではないのに、いつまでも決断を下さない暁嵐を家臣は不審に思ったようだ。

「お疲れですか、陛下。一度休憩いたしましょう。小吃《シャオチー》と茶をお持ちいたします」

家臣が周りに指示を出す。

疲れは感じていなかったが、集中力が途切れている。とりあえず暁嵐は頷いた。

従者たちが心得て、巻物と使っていた硯《すずり》や筆を片付ける。

それを見ているうちに、暁嵐の頭に、昨夜の郭凛風の様子が浮かんだ。

昨夜暁嵐は、あまりにも黒翔のみに関心を向ける凛風に、水を向けてみることにした。ありえないことだが、刺客としての役割を忘れているのではないかと思ったのだ。

いつもの通り黒翔の手入れを終え帰ろうとする彼女を呼び留め、問いかけた。

『毎夜黒翔の手入れ、ご苦労。なにか礼をしよう。望むことを言ってみろ』

彼女が刺客なら、またとない機会だ。これ幸いとなにかをねだるだろう。

すると彼女は首を横に振った。

『な、なにもございません……。湯浴みを……お付き添いいただいている代わりですから』

この答えについては予想通り。まずは無欲なふりをするだろう。だが何度か促せばなにかを望むはずだ。刺客としての役割を果たすための足がかりになるなにかを。

『いいから申してみよ』

少々強引に促すと彼女は頬を染めて眉を寄せ、しばらく考える。そしてしどろもどろになりながら望むことを口にした。

『ならば……筆と紙をいただけますでしょうか？　できれば……その、字を習うことができる教本も』

まったく予想外なその答えに、暁嵐は不意をつかれ、不覚にも次の言葉が出てこなかった。なぜ今この状況で筆と紙を望むのだ。

『……や、やはり結構です。分不相応なものを願い出てしまい申し訳ありませんでした』

恐縮し帰ろうとする彼女を引き留めさらに続きを促すと、つっかえながら事情を説明する。故郷にいる弟に文を書きたいのだという。

『まだ十三なのです。母親を亡くしておりますから、寂しい思いをしているかと……』

だが彼女は字が書けないのだという。

『昼間は時間がありますから、その時に手習いをしたいと思いまして……』

後宮の妃が日中にやることといえば、身体を磨くか茶会に興じることくらい。手習いをしたがる妃など聞いたことがない。

いやおそらくは、これも彼女の狙いなのだ。他の妃は望まぬようなものを望み、家族を大切に思う娘のふりをして、暁嵐の気を引こうとしている。

そうに違いないと思いながら、どうもしっくりこなかった。

「……筆を用意してくれ」

机を片付ける従者に向かって暁嵐が言うと、彼は手を止め首を傾げた。

「筆……にございますか？」

「ああ、少し細めのものだ。それから紙と手習のための教本も。子が字を習う時の一番易しいものを夕刻までに一式頼む」

「御意にございます」

秀宇がいなくてよかったと思う。

でなければ妙な物を準備させると不審に思われてしまっただろう。

なぜ彼女に乞われるままに、望むものを贈るのか。

尋ねられても、今ははっきりとした答えを出せる自信がなかった。

とりあえず凛風の出方を探るため、策に乗るふりをする？

いや普段ならそのようなことはしない。相手の意図も読めないうちに、そうするのは危険だからだ。

ではなぜ自分は彼女に筆と教本を贈ろうとしているのだ？

巻物を片付ける役人を見ながら、暁嵐は考え続けていた。

少し乱れた艶のある黒い毛並みを櫛で力を入れて整えてゆく。もう一方の手で身体を優しく撫でて、呼吸に乱れがないか確認する。先ほどまでは湯上がりで少し呼吸が早くなっていたが、もうずいぶん落ち着いた。

「はい、今夜はこれでおしまいね」

そう言って黒翔の体を優しく叩くと、ぶるんと鳴いて凛風の頬に鼻を寄せる。凛風はその顔を抱きしめた。

目を閉じて艶々の毛並みと温もりを感じ取ると、ひと時の間だけ自分に課せられた過酷な使命を忘れることができる。凛風にとって一日のうちで唯一心が解れる時だ。

「いつまでそうしてるつもりだ？」

背後からの呼びかけに、慌てて頬を離し振り返ると、男性が自分を睨んでいた。凛風の湯浴みと黒翔の手入れが終わったらすぐにでも帰りたいのに、ぐずぐずしている凛風に苛立っているのだろうか。

彼と会うようになって十日が経った。

その間、黒翔とは心を通い合わせる仲になれた。凛風にとって黒翔は大切な存在で、自分もまた彼に信頼されていると感じる。

一方で、男性とはまったくだった。

彼は、いつも岩場に腰掛け長い脚を組んで、どこか不機嫌そうに凛風と黒翔を見ている。

それとは逆に凛風は、彼の方をまともに見られず話しかけることもできなかった。転びそうになったところを助けてもらった時のことが、心に残っているからだ。あれくらいの出来事は、彼にとってはなんでもないことなのだろう。だが凛風にとってはそうではない。人生ではじめての異性との接近だったのだ。

突然のことにもかかわらず、素早く自分を支え軽々と抱き上げた逞しい腕と、すぐ近くに感じた温もりを思い出すだけで、顔から火が出そうな心地になる。その彼とまともに口をきける自信はなかった。

見張りをしてもらっておきながら失礼だとわかっていても、彼がいる方向を見ることなどできず毎晩帰り際に礼を言うのが精一杯だ。

昨夜は彼から黒翔の指圧の礼をしたいと話しかけられたが、動揺しまともに話せた自信はない。そんな風にしか振る舞えない自分が情けなくて申し訳なかった。

彼には昼間の役割があるにもかかわらず、毎夜凛風の湯浴みに付き合ってもらっている。負担になっている上、こんな態度しか取れないのだからもうやめにするべきだ。だがもはや凛風にはそれができない。湯浴みの見張りを断れば、もう黒翔に会えなくなるからだ。

「も、申し訳ありませんでした。今宵もありがとうございました」

凛風は頭を下げ、黒翔から離れる。そそくさと後宮に戻ろうとすると。

「待て、昨夜頼まれたものを持ってきた」

意外な言葉を口にして、男性が差し出したのは、筆と紙、教本だ。

「私に……ですか？」

驚き、すぐに受け取らない凛風に、彼は不満げに口を開いた。

「昨夜、欲しいと言ってただろう」

「は、はい。……ありがとうございます」

慌てて凛風は受け取るが、まだ信じられなかった。

確かに昨夜、なにか必要なものはないかと尋ねられた際、筆と紙が欲しいと答えた。本当はもっと強く断らなくてはならなかったのに、動揺して本心を言ってしまったのだ。でもまさか本当に持ってきてくれるとは思わなかった。

突然手にした贈り物に、申し訳ないと思いつつ凛風の胸は高鳴った。これがあれば浩然に文を送ることができる。返事が来れば浩然の様子を知ることができるかもしれない。

ドキドキしながら、さっそく受け取った教本を開いてみる。そしてそのまま眉を寄せて固まった。

「どうした？　教本が欲しいのではなかったか？」

「は、はい……ありがとうございます。ただ、少し難しく思いまして……」

教本には絵がなく、一度も手習いをしたことがない凛風には、なにが書かれてあるのかさっぱり理解できなかった。

「……でも、やってみます。ありがとうございました」

とはいえ自分でなんとかするしかない。自信はないがやってみよう。そう心に決めて凛風は教本を閉じる。

すると男性が、手を差し出した。

「貸せ」

凛風から筆と紙を受け取り、平らな岩場に紙を広げて墨を磨《す》る。

「文を書くならば、まずは自分の名からだ」

唐突な彼の行動に驚く凛風にそう言って、白い紙に大きく文字を書いた。

「お前の名だ。まずはこれを練習しろ」

促されて男性の手元を覗き込み、凛風は息を呑んだ。

白い紙に黒々と書かれた『凛風』という文字に胸をつかれ、心の奥底から熱い思いが湧き上がるような心地がした。

父がつけたという自分の名を、凛風はあまり好きではなかった。

母に呼んでもらった記憶はもはやない。

名を呼ばれる時は、継母に罵倒され叩かれる時だからだ。

でもはじめて目にする自分の名は、堂々として美しく見える。まるで今この瞬間に、彼によって名がつけられたかのように思えるくらいだった。

「私の名前……綺麗……」

目の奥が熱くなって鼻がつんとしたかと思うと、あっという間に目の前が滲《にじ》んでいく。継母に叩かれても過酷な使命を課せられても泣かなかったのに、どうしてか今は涙をこらえることができなかった。

目から溢れた雫が、白い紙の端にぽたりと落ちた。

「……申し訳ございません」

素手で頬を拭いそう言うと、男性が咳払いをして、少し掠れた声を出した。

「明日はこれを他の紙に練習し、持ってくるように。書けるようになったら次は弟の名を教えてやる」

その言葉に、凛風は目を見開いた。では彼が、凛風に字を教えてくれるということだろうか？

「……よろしいのですか？」

「教本が役に立たないのでは、筆も紙も無駄になる」

ややぶっきらぼうなその答えに、凛風の胸は感謝の気持ちでいっぱいになる。湯浴みに続き迷惑をかけることにはなるけれど、今の凛風には彼しか頼れる人がいない。

「ありがとうございます。しっかり練習してまいります」

頬が熱くなるのを感じながらそう言うと、男性が凛風から目を逸らし、筆を置く。

そしてこちらに背を向けて黒翔の手綱を取った。

帰るのだ、そう思った瞬間に凛風は彼の背中に呼びかける。

「あの……！」

高鳴る胸の鼓動を聞きながら、考えるより先に問いかける。

「名を、教えていただくことはできますか？」

男性が振り返る。

「……名を？　俺のか？」

「はい」

答えると、彼は訝しむように目を細めそのまま沈黙する。

その反応に、凛風の胸はドキドキとした。

名を尋ねてはいけなかったのかもしれない。役人である彼にとって後宮妃との関わりはよくないことなのかも。

それでも凛風は知りたかった。

好きではなかった自分の名を、美しい字で書いてくれた彼の名を。

けれど彼は、なにかを考えるように沈黙したまま答えない。

やはり不躾なことだったのだと凜風が諦めかけたその時、こちらに戻ってきて、再び筆を取る。そして新たな紙を敷いて、大きく『陽然《ヤンラン》』と書いた。

「陽然だ」

彼の名も、自分の名と同じくらい美しいと凜風は思った。

岩場に並ぶふたつの名に、凜風の鼓動がとくとくとくと速度を上げてゆく。どうしてかわからないけれど、ずっとずっと見ていたい、そんな気持ちになるような不思議な光景だ。

「陽然……さま」

声に出すと、陽然は頷いて自分の名を書いた紙を手に取る。用は済んだとばかりに今にも破り捨てそうになるのを、凜風はとっさに止めた。

「それも！……いただいてはいけませんか？」

頬がかぁっと熱くなる。不思議そうに凜風を見る彼の視線が痛かった。

変なことを言っているのはわかっているが、どうしても破り捨ててほしくなかった。もう少し自分の名と彼の名が並ぶのを見ていたい。

「せっかく書いていただいたお手本ですし……その。お手本はたくさんある方が……」

苦しい言い訳だと思いながらそう言うと、彼は紙をもとの場所に戻した。

「ありがとうございます」

「いや……だがやはり……異な妃だ」

掠れた声で呟いて、くるりとこちらに背を向ける。そして今度こそ黒翔を連れて帰っていった。

その後ろ姿を見つめながら、凛風は胸に両手をあてる。

速くなった鼓動は一向に収まらず、なにやら心がふわふわとして、湯からあがってずいぶん経つのに、頬がほかほかと火照っていた。

そんな自分の反応に、凛風は困惑する。こんな気持ちははじめてだった。

彼とのやり取りにいちいちドキドキしてしまうのは、はじめての男性との関わりに動揺しているのだと思っていた。情けないことではあるが、それは仕方がない。でも今胸にあるこの弾むような想いは、また違ったもののように感じる。

自分の名を美しく書いてもらえた喜びと、浩然以外の人に親切にしてもらうという慣れない状況に、心と身体が驚いているのだろうか。

「陽然さま」

彼の名を呟くと、どうしてかその自分の声音が甘く耳に響く。彼の名はこの世の中で一番特別なもののように思えた。

この自分の気持ちがいったいどこから来るものなのか……。

月明かりの中、岩場に並ぶふたつの名を見つめながら、凛風は考え続けていた。

目の前に並べられた朝餉《あさげ》を前に、暁嵐はふわぁとあくびをする。建物の外から差し込む朝日を、少し眩《まぶ》しく感じて目を細めた。

厳しい冬が終わりだんだんと春めいてきた。そろそろ初夏の国家行事、華炎祭《カエンサイ》の準備をしなければと思っていると。

「お疲れのご様子ですね、陛下。昨夜はよく眠れませんでしたか？」

朝餉の給仕をする従者に問いかけられる。

「いや、大事ない」

暁嵐は首を横に振った。

鬼である暁嵐の体力は人のそれとは比べものにならない。だから疲れているわけではないが、昨夜、あまり寝ていないのはその通りだった。

昨夜の、郭凛風について考えていたからだ。

筆と紙を渡された時の驚いた様子と、嬉しそうに教本を開く姿、自分の名を目にした時の澄んだ涙は、真実の姿だったと暁嵐は思う。

彼女は本心から自分の名を書けるようになりたいと望んでいる。

暁嵐を皇帝だと知らないのも、おそらくは本当だ。彼女は、目の前にいる暁嵐を殺めようとしてあの場にいるわけではない。

一方で、状況が限りなくあやしいのも事実だ。

暁嵐の身の回りに起こる変化に対する違和感は、いつも例外なく皇太后に繫がっていた。今回もなんらかの形でやつが関わっているに違いない。

このふたつの事実から導き出される答えを、暁嵐は探している。

「陛下、昨日用意させていただきました紙や教本ですが、あちらでよろしかったでしょうか？　教本は絵つきのものの方がよかったかと少々迷いましたが……」

問いかけられて、暁嵐は彼が昨夜凛風のために教本を用意した従者だと気がつく。

「ああ……あれでよかった」

本当は絵つきのものがよかったのだが、自分が教えることにしたためもう必要ない。

従者が安心したように表情を緩めた。

「それはよかったです。どなたかに差し上げるものだったのですか？」

「まぁ、そうだ」

気まずい思いで暁嵐は頷く。

あの教本を暁嵐自身が使うわけがないから、そう答えるしかない。では誰に？と尋ねられたらどう答えるべきかと一瞬身がまえるが、とくにそのような様子はなく、彼はにこやかにまた口を開いた。

「どなたか知りませんがそれは喜ばれたでしょう。陛下からの賜り物ならば、その子の上達も早そうだ」

彼は暁嵐が教本をあげた相手を子供か、あるいはその親だと思ったようだ。そう言って納得している。

「私も家で待つ妻に贈り物をしたくなりました」

従者たちは皆城に泊まり込み役目に従事している。家に帰るのは数カ月に一度の休暇の時のみだ。

「そなたには、妻がいるのか？」

なんとなく興味が湧いて暁嵐は尋ねる。今まで従者たちの家族のこと、とりわけ妻についてはまったく関心がなかった。

「はい」

従者が頭をかいた。

「一昨年一緒になりました」

夫婦なのに別々に暮らすのはつらいだろうという考えが頭に浮かぶ。こんなことを思うのもはじめてだ。

「ならば、同じ家で生活したいだろう」

暁嵐が言うと、彼は苦笑した。

「私の方はそうですが、妻の方はどうでしょうか。子ができてからは私などそっちのけで子にかかりきりにございます。ですから、贈り物でもして気を引いていないと、休暇で帰っても知らんぷりされてしまいます」

少し戯《おど》けて大げさに肩を落としてみせる彼に、暁嵐は笑みを浮かべる。知らんぷりされるとはいっても夫婦円満だというのが見て取れる。

夫婦がいて子ができる。このあたりまえの光景を守るために自分はいるのだと思う。

「ならば、さっそくなにかよいものを家に届けさせよ」

「はい、そういたします。ですが直接喜ぶ顔を見たいとも思いますので、休暇の時にしようかなとも思います」

のろける彼に、暁嵐はふっと笑う。

でもそこで、なにかが心に引っかかり食事をする手を止め考える。

『喜ぶ顔』という言葉に、昨夜、教本を受け取った時の凜風が、頭に浮かんだからだ。

目を輝かせて心底嬉しそうに教本を開いている姿に、暁嵐は今まで感じたことのないむずがゆいような不思議な気持ちを抱いた。そして、教本に書かれてあることが理解できず肩を落とす様子を見て、思わず自ら字を教えることにしたのだ。

今考えても、どうしてそんなことを買って出たのかわからない。

でもそこに、彼女のために筆と教本を用意させた時の疑問の答えがあるような気がした。

なぜ自分は、凛風がそれらを望む意図がわからないにもかかわらず、与えたいと思ったのか……。

妻のことを思い出して幸せそうに笑う従者の顔を見ながら、暁嵐は考える。

でもすぐに、まさかそんなはずはないとその答えを打ち消した。それは自分にはないはずの感情だ。ましてや相手は刺客としての疑いがかかる人物だというのに。

「陛下、そろそろ謁見の時刻にございます」

別の従者から声がかかり、暁嵐は頭を切り替える。

それがどのような気持ちだとしても自分には関係ない。やることは変わらないのだから。

頭の中でそれを確認し、謁見へ向かうため立ち上がった。

大広間では、すでに暁嵐を迎える準備が整っていた。自分に向かって平伏する大勢の家臣たち、その向こうの後宮の妃たちを横目に玉座に向かう。

暁嵐は玉座に座り、凛風がいるであろう場所にさりげなく視線を送った。

彼女と会うようになってから、毎日そこを見る癖がついた。誰にも気づかれないように一瞬だ。

彼女は、暁嵐が面を上げる合図をしてもいつも頭を下げたまま。だから夜に会っている人物が皇帝だということに気が付かないのだろう。

今朝も凛風の席を見た暁嵐は、そこがぽっかりと空いているのに気がついて、眉を寄せた。

妃が朝の謁見を欠席するのが許されるのは、皇帝の寝所に召された次の日か、病の時……。

暁嵐はそこを見つめたまま、昨夜の彼女の様子を思い出す。

昨夜の彼女は、自分の名を見て感激して泣いていた。頬がいつもより蒸気しているように思えたものの、具合が悪そうではなかったが……。

「……か、陛下。いかがなさいましたか？」

低い声で丞相に尋ねられて、暁嵐は今が謁見中だということを思い出す。暁嵐の合図がなければ、皆平伏したまま、顔を上げることができない。

「いや、大事ない」

咳払いをして、皆に向かって口を開く。

「面を上げよ」

その後はいつものやり取りを滞りなくこなしていく。

だが、心はぽっかりと空いた凛風の席に向いたままだった。

なぜ彼女は謁見を欠席している？

これも刺客としての策に関わることなのだろうか？

そんな疑問が頭に浮かぶが、それは些細《ささい》なことのように思えた。

それよりも今この時、彼女が無事かどうかが気にかかる。

先ほど、自分には関係ないと切り捨てたはずの感情が、またむくりと頭をもたげるのを感じた。

彼女の身になにかあったのでは、という考えが頭をよぎる。皇太后側の人間は、皇太后の指先ひとつで瞬時に消されることも珍しくない。

「陛下、今宵は一のお妃さまにお渡りいただきます。よろしいでしょうか」

自分に向かって、いつもの質問をする丞相の顔をじっと見て、暁嵐は考える。

百の妃がなぜこの場にいないのか。彼女は無事なのかと尋ねたい衝動に駆られるが拳を作りどうにか耐えた。

凛風の思惑と状況を把握できていないうちに、公の立場で彼女に接触するべきではない。それこそ皇太后の思う壺だ。

「陛下？」

いつもより返答が遅い暁嵐に、丞相が期待を込めた目で問いかける。

暁嵐は首を横に振った。

「いや、私は今宵どの妃も所望せん」

言い切って立ち上がり、玉座を降りた。大極殿を出て足早に外廊下を歩く。

付き添いの従者に内密で凛風の様子を尋ねようかと考えるが、やはり思い留まった。

彼女が無事であるならば、今宵も湯殿にやってくる。日が落ちればわかることをわざわざ今確認する必要はない。

朝日を見上げて暁嵐は自分自身に言い聞かせる。

たった一日だけのこと。

いつも忙しく政務をこなしているうちに、あっという間に日は暮れる。

──だが。

どうしてかそれが、今は途方もなく長く感じた。

「まったく！　いったいどういうことにございます？　お妃さまが謁見に出席しないなんて、後宮はじまって以来の大失態にございますよ!!」

大廊下に後宮長の小言が響く。凛風はうつむいて、それを聞いていた。

彼女が怒り心頭なのは、今朝凛風が寝坊して謁見をすっぽかしてしまったからだ。

昨夜、部屋に戻った凛風はいつものように寝台に入って目を閉じた。けれどどうにも胸が騒いで眠ることができなかったのだ。

はじめて自分の名前の字を目にした時の喜びと、それを書いてくれた男性の名前が胸の中をぐるぐる回って、頭は冴《さ》える一方だった。

仕方なく凛風は起き上がり、自分の名を書いてみることにした。心が落ち着くかと思ったのだ。墨を磨り、白い紙の上で筆を滑らせると、胸の中のざわざわは確かに少し落ち着いた。

だが今度は手習い自体に夢中になってしまい、『あと一枚、次が最後』と思いながら続けるうちに朝を迎えてしまったのだ。

もちろん謁見には参加するつもりだった。だがその前にひと休み、と思い寝台に横になったところ、次に目を開けた時にはもう日が高くなっていたというわけだ。

もちろん時間になっても起きない凛風を女官が放っておくわけがない。おそらく、他の妃たちがそう仕向けたのだ。

〝私たちが起こしておく〟とでも言ったのだろう。

九十九の妃を含む数人が小廊下から顔を出して凛風が叱られるのを、くすくす笑って見ていた。

「うまくいったわ」

「だけど少し可哀想ね」

「あら寝坊したんだもの。自業自得よ」

心底楽しそうである。

「謁見への欠席は前日にご寵愛を受けたお妃さまか、ご病気の時だけにございます。今後は絶対にこのようなことがないよう十分にお気をつけくださいませ！」

もうかれこれ半刻ほど後宮長の説教は続いているが、内容は同じことの繰り返しである。

妃たちは飽きもせずに凛風を見てくすくす笑いながら話をしている。

「それにしても寝坊で謁見を欠席するなんて、もったいないことをするわね。一日のうちで陛下のお顔を見られる唯一の機会なのに」

「私なんて、毎日陛下の足音が聞こえただけで、胸がドキドキしてどうにかなってしまいそうなのに」

「あら私もよ、頬がぽーっと熱くなって、いつまでも直らないわ」

あれこれ言い合う妃たちの言葉に、凛風の胸がコツンと鳴る。

そのような状態には、なんだか身に覚えがあるような……？

「あーん、もっとお目にかかりたいわ。朝だけなんて全然足りない」

「そういえば五十二のお妃さまが、閨に呼ばれるよう願いをかけて陛下のお名前を書いた紙を部屋に飾って毎日お祈りしてるって言ってた」

「あらそれ素敵。眺めるだけで陛下のおそばにいるような気になれそう」

その話に、凛風はまた引っかかりを覚えて眉を寄せた。

妃たちは皆、皇帝の寝所に召されたいと願っている。彼を男性として慕っているということだ。

これが男性を恋しく想うということなのか、という普段の凛風なら気にも留めないことが頭に浮かんだ。

さすがの凛風もそうした気持ちがこの世に存在するのは知っている。けれど自分には関係ないと興味がなかった感情だ。

男性を恋しく思うと、胸がドキドキとして、頬の火照りがいつまでも直らない。相手の名前が書かれた紙を眺めたりして……。

と、そこまで考えて、凛風の胸がどきりと鳴る。

どちらも昨夜の自分を彷彿《ほうふつ》とさせる話だったからだ。

昨夜は部屋に戻ってからも、胸の鼓動が収まらず頬も火照ったままだった。

陽然からもらった彼の名前が書かれた紙は帰ってすぐに机の引き出しにしまったが、寝台に入り目を閉じるとどうしてかもう一度目にしたいという気持ちになった。意味もなく引き出しから出してしばらく眺め、しまい込む。けれどまたすぐに見たくなり出してくる、ということを何度も何度も繰り返したのだ。

どうしてあのようになってしまったのかいくら考えてもわからなかったが……。

でもまさか、と凛風はその考えを打ち消した。

そんなことあるはずがない。

妃たちの話から、男性を恋しく想うとどうなるのかはわかった。

でもやっぱり凛風とは関係がない話だ。よく似ているからって凛風もそうとは限らないのだから。

……けれど。

ならどうして、昨夜の自分はあんな風になってしまったのだろう……？

青筋を立てて説教を続ける後宮長をよそに、凛風はぐるぐると考えを巡らせていた。

自分の名を練習した紙と筆を抱えていつものように湯殿に着くと、黒翔と陽然はすでにいた。凛風に気がつくと陽然は大股でこちらへやってきて、少し強く両腕を掴む。

そして目を丸くする凛風の顔をじっと見た。

「あ……あの、どうされましたか？」

尋ねると、陽然は眉を寄せたまま口を開いた。

「具合が悪いのではないのか？」

「え？　いえ……どこも悪くありません」

戸惑いながら答えると、再び彼は問いかける。

「だが朝の謁見にいなかったではないか」

その指摘に、凛風はドキッとした。厩の役人だと思っていたけれど、彼は思っていたよりも地位の高い役人だったようだ。朝の謁見に参加できるのは、主だった家臣のみだ。

「謁見に陽然さまもいらっしゃったのですね。……申し訳ありません」

「責めているわけではない。だが具合が悪くないなら、なぜいなかった？」

「そ、その……」

陽然からの追及に凛風は言い淀《よど》む。

寝坊をして謁見を欠席したなどと白状するのは恥ずかしい。けれど他にいい言い訳も思いつかず仕方なく口を開いた。

「昨夜、部屋へ戻ってから、手習いをしておりまして……」

「手習いを？」

「はい……それで、寝過ごしました」

気まずい思いで凛風が言うと、陽然が目を見開いた。

「も、申し訳ありません……」

「いや」

そう言う彼の口元が一瞬緩む。でもすぐに咳払いをして、いつもの不機嫌な表情に戻った。そして小言を口にする。

「明日からは昼間にやれ」

「はい」

「それが練習した紙だな？　見ておくからその間に湯浴みをしろ」

「はい」

凛風がいつものように湯浴みをし黒翔の世話をする間、彼は岩場に凛風が書いた紙を広げて見ていた。

その姿に凛風は申し訳ない気持ちになる。出来がよくないのを自覚しているからだ。一生懸命練習したがどうにもうまく書けなかった。陽然が書いた美しい文字とは雲泥《うんでい》の差だ。

「お、同じように書いていたつもりなのですが、陽然さまのように上手に書けなくて……」

もじもじしながら凛風は言い訳をする。笑われてもおかしくはないくらいだと思うけれど、彼はそうはせず真剣な表情で見ている。そして凛風の字を指で辿った。

「まず、ふたつの文字の大きさが揃うように心がけろ。慣れるまでは紙を半分に折って書くといい。それから止めにはしっかりと力を入れ、跳ねる箇所は力を抜くのだ。来い」

そう言って彼は手招きする。

「筆を持て」

促されるままに、筆を持ち紙に向かうと、凛風を後ろから抱え込むようにして筆を持つ手に自らの手を重ねた。

どくんと、鼓動が大きく跳ねる。陽然の体温とどこか高貴な香りに包まれて、思わず声が漏れそうになるのを唇を噛みなんとか耐えた。

彼の手が添えられた筆が、ゆっくりと動く。

「止めはこうだ。力を入れて筆を上げる。跳ねは、ゆっくりと力を抜く」

すぐ近くから聞こえる低い声音が、どうしてか甘く凛風の耳に届く。心の臓はますます大きな音を立てて、彼に聞こえないかと心配になるくらいだ。

「一箇所一箇所手を抜かなければ整ってくるだろう。わかったか？」

「はい……」

蚊の鳴くような声で答えるのがやっとだった。頬が熱くてたまらない。動揺を隠せない凛風に気がついて、彼は咳払いをしてそっと離れた。

「書いてみろ」

頬を真っ赤にしたまま頷いて、凛風は再び紙に向かう。突然の接近に高鳴る鼓動を落ち着かせる。せっかく教えてくれているのだ、少しも無駄にしたくない。

止めと跳ねを意識して、紙の上で筆を滑らせる。彼が見ていると思うと平常心ではいられないが、それでも言われたことを意識するだけで、ひとりで書いていた時よりずいぶんよくなっているように思えた。

「できました！」

振り返り陽然を見た凛風は、息が止まりそうになってしまう。彼が口元に笑みを浮かべていたからだ。身体が離れて少し落ち着いていた鼓動が、また速度を上げていく。

「うん、よくなった。もう一度書いてみろ。繰り返すことで身体に覚えさせるんだ」

今までよりも格段に優しい声音と眼差しに、頭が茹で上がるような心地がする。慌てて目を逸らし、もう一度筆に墨をつけた。そこへ陽然の手が伸びてくる。

「袖が墨につく。腕をまくれ……」

そう言って彼は凛風の衣服の袖に手をかける。引き上げられて、凛風の腕の傷痕が露わになった。

「っ……！」

とっさに凛風は腕を引き、袖をもとに戻す。手から離れた筆がコロコロと転がり地面に落ちた。

驚き止まる陽然に、凛風は目を伏せる。

先ほどまでの浮き立っていた気持ちが急速に冷えていく。

一瞬だが確実に彼に見られてしまった。継母につけられた醜い傷を。

重い沈黙がふたりの間に横たわる。

「も、申し訳ありません……」

ようやく声を絞り出すと、彼は首を横に振った。

「いや、こちらこそ不用意に触れて悪かった」

そして地面の筆を拾い上げ、凛風に持たせる。

「この調子だと紙がすぐになくなるな。明日は、新しい紙を持ってこよう」

そう言って黒翔の手綱を取る。帰るのだ。

でもいつものように歩きだそうとして立ち止まり、しばらくして振り返った。

「お前も来い。後宮まで送る」

「え？……でも」

意外すぎる申し出に凛風は戸惑う。いくらなんでもそこまでしてもらうのは申し訳ない。

「夜道は危険だ、早くしろ」

けれどそうまで言われては固辞することもできなくて、凛風は頷いた。

後宮へ凛風を送り届け黒翔とともに厩を目指して歩きながら、暁嵐はある結論に達していた。

凛風が刺客だということは間違いない。あのような傷がある娘が後宮入りすることはあり得ないからだ。

同時に、この出会いが彼女自身の意図するものではないということを確信する。

凛風がこの湯殿にやってきたのは、間違いなく皇太后によって仕組まれたものだろう。そして彼女自身はそれに気づいていない。

その方が、より自然に暁嵐に取り入ることができるという皇太后の思惑だろう。人を人とも思わず、自らのために使い捨てることをあたりまえと考える皇太后らしいやり方だ。

夜空を見上げて息を吐くと、自分の名を書けた時の彼女の輝く笑顔が脳裏に浮かび、胸が締め付けられるように痛んだ。

皇帝暗殺という重い使命を課せられた身の上と、ひどい傷痕。

弟へ手紙を書きたいという言葉と、自分の名を目にした時の涙。

彼女のこれまでの境遇が過酷だったということは、想像に難くない。

今宵彼女はただ純粋に、自分の名前を書けたことを喜んでいた。残酷な使命を果たすまでの束の間の喜びを味わっているのだろう。

そのような者が、自ら望んで皇帝と差し違えたいなどと思うはずがない。脅されているか、そのように育てられたか、あるいはその両方かもしれない。どちらにしても皇太后がよく使う手だ。

哀れだと心底思う。

暁嵐と皇太后との対立によって命を落とした者たちに対して、暁嵐がいつも抱いてきた感情だ。だがその中に、生まれてはじめての想いが存在するのを、暁嵐は確かに感じていた。

手習いのために腕に抱いた彼女の甘やかな香りが、暁嵐の中の熱いなにかを加速させ、彼女を自分の手で救い出したいという強い思いに貫かれた。

この感情は、今はじめて芽生えたわけではない。彼女と出会ってからずっと抱いていた違和感とともにあったもので間違いない。薄々気がついていながら、目を背け続けてきた感情だ。

自分には必要ないと切り捨てようと試みたが、結局ずっと暁嵐の中に居座り続けている。

彼女の、状況にそぐわないちぐはぐな行動の理由に思いあたった今、それはより濃い色を帯びてはっきりと存在を主張しはじめた。もはや切り捨てることはできそうにない。

隣を歩く黒翔がぶるんと鳴いて、暁嵐の頬を突く。艶やかな黒い毛並みを撫でて、暁嵐は苦笑した。

「ああ、わかったよ。お前の目は確かだった」

素直に負けを認めると、黒翔がふんと鼻を鳴らした。

自分の中の特別な想いから目を逸らすのはもう終わりだ。

彼女の傷を目にした時に感じた激しい怒りを思い出し、暁嵐はそう心に決める。

自分で自分の心が思う通りにならないことははじめてだが、それに抗う気にはなれなかった。

自分の心が、彼女を救い出したいと強く願っていることは、紛れもない事実なのだから。

それならば、これから自分はいったいどうするべきなのか。

カッポカッポという黒翔の足音を聞きながら、暁嵐は考えを巡らせていた。


陽然に後宮まで送り届けてもらった凛風は、自室へ戻り寝台へ入る。布団を被り目を閉じるが眠ることはできなかった。

陽然に醜い傷痕を見られてしまった。そのことが、悲しくてつらかった。

せめて右腕ではなく左ならよかったのに。

右腕の傷は火傷《やけど》の痕だから、特に醜い。馬小屋に寝起きするようになってすぐの頃、空腹に耐えきれず炊事場から包子をこっそり取って食べてしまい、煮えた鍋の中身を継母にかけられた時のものだ。

今まで凛風は、誰に傷痕を見られても平気だった。

馬鹿にされて眉をひそめられようが、自分はもともとそういう存在だとわかっているからだ。凛風の方も相手をどうとも思っていない。

でも今は、陽然だけには見られたくなかったと強く思う。

自分の価値は変わらなくとも、彼だけには……！

掛け布をギュッと握ると目の奥が熱くなり、あっという間に涙が溢れた。

はじめての感情が洪水のように押し寄せて、どうしていいかわからなかった。

名前を書いてもらった時の熱い思いと、ほんの少し彼に触れただけで、勝手に高鳴る胸の鼓動。

自分ではどうにもならない感情が自分の中に存在するのが怖かった。

今の凛風に必要なのは、浩然のことのみを思い、一切の望みを捨てること。そうでなくては過酷な運命に身を投じられなくなってしまう。

それなのに、陽然と一緒にいる時はそれを忘れてしまいそうになる。頭の中が彼のことでいっぱいになり、その先を望みたくなってしまうのだ。

そんなことを考えてはいけないのに！

昼間の妃たちの話が頭に浮かぶ。

そんなはずはないと打ち消した考えが凛風を再び苛《さいな》んだ。

この感情がどこからくるものなのか。

それがどのようなものでも知りたくないと強く思う。

きっと知ってしまったら、今よりもつらくなる。自分の置かれている環境を恨み、どうにかなってしまうだろう。

敷布に顔を押し付け嗚咽《おえつ》を殺して泣きながら、凛風は込み上げる感情と闘っていた。熱い涙で頬を濡らし、わからない、知りたくないと、心の中で幾度も幾度も繰り返す。陽然に対する熱い想いに消えてほしいと懇願した。

けれど結局、空が白みはじめるまで、どれだけ強く願っても、どうしてもそれはできなかった。


丞相から進言があると聞かされたのは、暁嵐が凛風を後宮まで送った次の日のことだった。

皇帝が家臣からの進言を聞く時は、すべての家臣を集めた黄玉の間と決められている。一部の家臣のみからの意見を皇帝が聞き、偏った政治を行うのを避けるためだ。

その会に向かう直前、秀宇が帰還した。

「暁嵐さま、ただいま戻りました」

久しぶりに私室へ姿を見せた側近に暁嵐はまず労いの言葉をかける。

「戻ったのか。ご苦労だった。まずは身体を休めよ」

「ありがとうございます。ですが、それより先に急ぎ郭凜風についてのご報告をさせていただきたいと思います」

　腰掛けに身を預けて頷くと、秀宇が跪き口を開いた。

「結論から申し上げますと、百の妃が刺客で間違いございません。郭凜風には、腹違いの妹がおりまして、もともとはそちらの娘が後宮入りするため大切に育てられていたようです」

「妹？」

「はい。郭凜風は、郭凱雲の亡くなった前妻の子、後妻である今の奥方に厭《いと》われ下女以下の生活をしていたようです。母屋で寝起きすることも許されず。馬小屋で寝起きしていたと……郭家では彼女に話しかけたり親切にするのは御法度だったようです」

　その報告に暁嵐の胸は痛んだ。だが内容については納得だ。彼女は暁嵐に怯えながらも黒翔にははじめから心を開いていた。馬小屋で寝起きしていたから、馬の扱いを知っていたというわけか。

「ですから皆、当然妹が後宮入りするものと思っていたようですが、どうしてか直前になって姉に代わった。都からの使者が帰った後すぐに決まったそうです」

後宮入りする娘は家柄を基準に選ばれる。

もともとは妹のつもりだったとしても直前になって姉に変更になることくらいはあるだろう。だとしても馬小屋で寝起きさせていた娘を……というのはどう考えても不自然だ。

娘を後宮入りさせるのは一家にとって誉なこと。さらにその娘が寵愛を受け鬼の子を産めば一族の安泰は約束される。どの家も一家の中で一番美しい自慢の娘を差し出すのだ。

自慢の娘どころか、のけ者にしていた娘を差し出すということは、郭家が皇帝の寵愛を望んでいないというだけでなく……。

「問題は郭凛風が後宮入りした後です。郭家の召し使いによると、凱雲の妻は、残った妹に未だ後宮入りの準備を怠っていないということで、皆首をひねっていると……。後宮入りしないならと持ち込まれた縁談を片っ端から断っているそうです。まるで、妹も近い将来後宮入りするかのようだ、と言う者もいるようです」

つまりは。

虐げて育てた姉の凛風を犠牲にして功績を上げ、皇太后に取り立ててもらった後、新皇帝の後宮へ妹を入れるつもりだということか。一の妃にしてやるという密約があるのかもしれない。

――いずれにせよ、凛風は捨て駒というわけだ。

暁嵐は奥歯を噛みしめた。

腹の奥底から、気持ちの悪いどす黒い怒りが込み上げてくるのを感じた。凍てつく青い炎のようなこの怒りは、皇太后に対するものであり、自分に対するものでもある。

やはり彼女は、自分と皇太后との間の権力争いに巻き込まれた犠牲者だ。暁嵐が早く皇太后と決着をつけていれば、彼女は刺客などという役割を負うことはなかった。

筆を持つ細い手首と紙を見つめる真剣な眼差しが脳裏に浮かんでは消えた。

さすがは長くこの国に寄生し、富を貪り続ける皇太后だ。凛風のような娘を送り込めば、暁嵐が無下にできないと踏んだのだろう。そしてその読みは見事にあたった。

「状況ははっきりしました。後はこちらにお任せくださいませ」

秀宇はそう締めくくる。その進言を暁嵐は即座に拒んだ。

「いや、お前はなにもするな。俺が決着をつける」

「決着をつけるとは……どういうことにございますか？　まさかまだお会いになるとでも？」

その問いかけに暁嵐が沈黙すると、秀宇は青筋を立てて声をあげる。

「わ、私は承服しかねます！　暁嵐さま、あなたさまのお力はよく存じ上げておりますが、このまま皇太后の策に乗るのは危険です」

秀宇の意見はもっともだ。結論が出た今、これ以上深入りするのは得策ではない。皇帝としては、ここで手を引き彼に任せるべきだとわかっている。

だがそれを暁嵐はどうしても受け入れることはできなかった。

「暁嵐さま、どうか私にお任せくださいませ！　郭凛風が刺客であることは間違いないのです。この後は、どのような手段を用いてでも郭凛風から皇太后の名を吐かせて……」

「やめろ！　お前は絶対に手を出すな！」

強く彼の言葉を遮ると、秀宇が目を見開いた。

たとえ誰であっても、それが国のためだとしても、彼女を傷つけることは許さない。

幼少期からずっと支えてくれた信頼のおける側近にさえ、激しい怒りを覚えるくらいだった。

それほどまでに、彼女への想いは暁嵐の中に深く入り込んでいる。

驚愕の表情で固まる側近を横目に、暁嵐は立ち上がる。

「時間だ、俺は行く。いいな秀宇。さっきの言葉を忘れるな。この件の決着は俺自身がつける」

ねじ伏せるようにそう言って部屋を出た。

黄玉の間には、丞相以下、主だった家臣たちが揃って暁嵐を待っていた。皆に向かい合わせに位置する玉座。その隣に、皇太后が座っている。

皇太后の出席は必須ではないが、内容によっては同席することもある。

「面をあげよ」

暁嵐が玉座に座りそう言うと、丞相が口を開いた。

「陛下、この度はお時間をいただきありがとうございます」

暁嵐が無言で頷くと、彼は恐る恐るといった様子でさらに言葉を続ける。

「本日お話したいのは、後宮のことにございます」

暁嵐はちらりと皇太后を見た。彼女がここにいると知った時から進言の内容に察しはついていた。

「後宮が開かれて、ひと月以上が経ちますが、陛下はまだお妃さまをお召しになっておられません。このことを家臣一同大変憂いております」

丞相の言葉に、皇太后が同意する。

「お世継ぎの問題は国の存続に関わることにございますから」

そして蛇のような目で暁嵐を見た。

「ですから陛下、どうか明日はいずれかのお妃さまをお召しになられてくださいませ。順番通りでなくともかまいません」

一の妃の父親である彼は、思い詰めた様子で言う。国のことを心底憂いている様子だ。他の家臣たちも皆同意だという表情で頷いている。

だが彼らの中の何人かは、本心からそう思っているわけではないように暁嵐には思えた。

本当のところ暁嵐には、どの家臣が皇太后に通じているかの目星がついているのだ。静観しているのは、それだけで彼らを排除するわけにはいかないから。確たる証拠もない中で独断で断罪すれば国が乱れるもとになる。

わかってはいても、凛風のことを思うともどかしく感じた。

皇太后とは生まれた時から対立しているが、未だかつてないほど、早く決着をつけたいと強く思う。

「まぁそう急かさずともよいではないか、丞相。陛下もなにかとお忙しい身じゃ。男女のことは繊細ゆえ、われらはゆったりとかまえていようぞ」

皇太后が扇子を口元にあてほがらかに言う。丞相が眉を寄せた。

「ですが皇太后さま、お世継ぎに関しては……」

「幸いにして、先帝は鬼の血筋をふたり残してくださった。どうしてもの時は、べつの方法もあろう」

暗に、血筋を残すのは自分の子である輝嵐でもいいと言っているのだ。

挑発的な物言いに、丞相がうかがうように暁嵐を見る中、皇太后が暁嵐に向かってにっこりと笑みを浮かべた。

「じゃがもちろん、陛下のお血筋であるにこしたことはない。どなたか、気に入った娘はおりませぬか？　この際われらは、数にこだわりはしませぬ。順位の低い娘でも女官でもかまいませぬぞ？　のう、丞相」

「はい、それはもちろん」

順位の低い娘という言葉に、やはり凛風との出会いはこの女の差し金だという確信を深めながら、暁嵐はこの後どうするべきか考えを巡らせた。

「陛下？」

甘ったるい声音で暁嵐に呼びかける皇太后と目が合ったその刹那、チリチリと痺《しび》れるような感覚が暁嵐のうなじを駆け抜けた。手の震えを誰にも気づかれぬようそっと握る。

生まれた時から対立し、何度も命を狙われてきたこの女に、今はじめて暁嵐は恐れを抱いたのだ。

もしこのまま、暁嵐が後宮の妃を拒み続け、凛風を閨に呼ばなければ、暗殺計画は失敗に終わる。早々に凛風は処分されるだろう。

彼女にとって凛風はただの駒。失敗したなら即座に切り捨てられる存在だ。

「──あいわかった」

皇太后の目を見据えて、暁嵐は答えた。

「明日は必ず妃を閨に呼ぶ」

言い切ると、家臣たちが一斉に安堵の表情を浮かべた。

「陛下、ありがとうございます」

丞相が嬉しそうに礼を言う。

その彼にちらりと視線を送ってから、皇太后が笑みを浮かべた。

「どの妃をお召しになるのか楽しみにしております、陛下」

陽然に傷痕を見られた次の日の夜、凛風が迷いながら湯殿へ行くと彼はすでにそこにいた。さっさと湯浴みをしろと、凛風を急かす。

しかし黒翔の毛並みを整えた後、蹄《ひづめ》の手入れをするのは許されなかった。

「今宵はそれで終いにしろ。手習いに暇が取れなくなる」

「え？　……でも」

「蹄の手入れは俺がやる。ほら、来い」

黒翔の不満そうな鼻息を聞きながら岩場へ行くと、陽然は凛風に腕を出すように促した。

戸惑いながら従うと、彼は凛風の腕に紐を巻き付けていく。驚く凛風が彼を見ると視線の先で少し照れくさそうに口を開いた。

「こうすれば、腕をまくらずとも袖に墨がつくことはない」

意外すぎる彼の言葉に、凛風は目を見開く。また泣きだしそうになってしまう。

醜い腕の傷を見られてしまい、傷ついていた心があっという間に癒やされていくのを感じた。

あの傷を見た人は、すべからく凛風を軽蔑し馬鹿にした。昨夜の凛風は彼にそう思われるのがつらくてたまらなかったのだ。

でも彼はそうはせず、それどころか凛風が傷を気にせずに手習いを続けられるよう考えてくれたということだ。

昨夜打ち消したいと願い胸の奥へ押し込めた彼への想いがまた頭をもたげるのを感じた。

「ほら、はじめるぞ」

「……はい」

答えて凛風は筆を持つ。すると彼は当然のようにその手に自分の手を重ねる。正しい書き方を今一度確認するということだろう。背後から自分を包む温もりに、凛風の鼓動が飛び跳ねる。

「止めと跳ねを意識しろ。払いは、わかるな？」

すぐ近くから聞こえる低い声音がどうしても甘く耳に響いて、凛風はたまらずに唇を噛む。

「次はひとりで書いてみろ」

陽然がそっと離れると、凛風は息を吐いて筆を握り直した。

ゆっくりと先ほどの感覚を思い出しながら紙の上で筆を滑らせる。彼の字には遠く及ばないながら、ずいぶんとよくなってきた。

「ん、いいな」

その言葉につられて視線を上げると、彼が笑みを浮かべて凛風を見つめていた。

その優しい眼差しに、凛風の鼓動が大きくなって、諦めにも似た気持ちを抱いた。

結局押し殺すことなどできなかった。

彼に強く惹《ひ》きつけられる想いが、自分の中に確実に存在する。

この気持ちは、過酷な使命を課せられた自分には無用のもの、いやそれどころか、いざその時を迎えた時には足枷《あしかせ》になると、わかっていても抗えない。

「これだけ書ければ上出来だ。もう少ししたら、文用の紙をやる。自分の名を書いて送るだけでも、弟にはお前が息災だと伝えることができるだろう」

「……はい。ありがとうございます」

凛風は答えて目を伏せる。

彼は自分にとってはじめての男性《ひと》だ。はじめて親切にしてくれた。

そしてはじめて名を教えてくれて、はじめて親切にしてくれた人。

男性を恋しく想う気持ちなど、知識としては知っていても、自分とは関係ない、必要ないと思っていた感情だ。一生知らなくてよかったのに。

――どうして今になって……。

改めて凛風は自分の運命を呪う。

どうして今になって、出会ってしまったのだろう。

人生の終わりが見えている今、この気持ちを知ってしまっても、つらくなるだけだというのに……。

彼との出会いは、自分にとって正しいことではないように思えて、それがただつらかった。


どーんどーんと銅鑼が鳴る中、凛風は大廊下を他の妃たちとともに大広間に向かっている。毎朝恒例の皇帝の謁見である。

他の妃たちのおしゃべりを聞きながらこっそりあくびを噛み殺す。昨夜も陽然のことを考えて、よく眠れなかった。

彼への想いは、どんなに押し殺そうとしても、消し去ろうと試みても、まったく無駄に終わってしまう。

それならばもう湯殿へ行くべきではない。彼に会わなければ、胸の想いもいずれはなくなるだろうから。わかっていてもそれもできそうにないのが情けなかった。

浮かない気持ちで凛風は大広間の自分の場所に着席する。頭を下げて皇帝を待った。

銅鑼がどーんと鳴ると、その場が水を打ったように静まり返る。玉座の向こうの扉が開き、皇帝が入室した。

「面を上げよ」

よく響く低い声に、隣の妃が顔を上げる。でも凛風は頭を下げたままだった。

後宮入りした初日から今日まで、凛風は一度も顔を上げていない。どうしても皇帝の顔を見るのが怖いからだ。

末席の妃など誰も気に留めないのだろう。それを咎《とが》められたことはない。頭を下げたまま、丞相と皇帝のいつものやり取りが終わるのを待つ。

「陛下、今宵お召しになられたいお妃さまはいらっしゃいますか」

丞相からの伺いに、皇帝が口を開いた。

「ああ、いる」

その答えに、一同息を呑む気配がする。隣の妃が「嘘」と呟くのを聞きながら、凛風も目を見開いた。

本来なら皇帝の御前でおしゃべりは厳禁だ。だが、今は咎められるどころか、あちらこちらから囁くような驚きの声があがっている。

無理もない。

後宮が開かれてひと月以上、頑《かたく》なに妃を拒んでいた皇帝が、いきなり妃を所望したのだ。妃たちどころか役人たちも驚いている。

その中で、丞相は落ち着いていた。

「して、そのお妃さまは、どなたさまにございますか？」

その問いかけに皆が固唾《かたず》を呑んで見守る中、皇帝はしばし沈黙する。しばらくしてよく通る声で答えた。

「今宵は、百の妃を所望する」

その言葉に、凛風は目を見開き、石畳の床を凝視した。

自分の耳が信じられなかった。

ここにいる女たちは皆皇帝の妃なのだから、誰が召されてもおかしくはない。それは凛風とて同じこと。だが顔を見たこともない最下位の妃を所望するなどどう考えてもあり得ない。

きっとこれは聞き違い。

混乱する頭で、凛風は自分を落ち着かせようと試みる。だがあまりうまくいかなかった。

しばらくすると周りのざわざわが大きくなる。皇帝が立ち去ったのだ。

心の臓がどくんどくんと嫌な音を立てるのを聞きながら、凛風は恐る恐る顔を上げる。きっと自分ではない他の誰かが指名されているはずと願いながら。

けれど顔を上げた瞬間に、絶望感に襲われる。大広間にいる者全員が、怪訝な表情で凛風に注目していたからだ。

「なんであんたが？」

隣に座る九十九の妃が憎々しげに呟いた。

――聞き間違いではなかった。

皇帝に指名されたのは間違いなく自分なのだ。

今宵凛風は、彼の寝所に行かなくてはならない。

すなわちその時が、凛風の最期の時。

「ねえ、どういうこと？」

「あり得ない。なにかの間違いでしょう？」

ヒソヒソと話す妃たちの言葉がどこか遠くに聞こえる。この世界が現《うつつ》のことではないように思えた。
頭に浮かぶのは、陽然のことだけだ。
もう彼を目にすることは叶わない。別れの言葉も言えていないのに……。
自分を見るたくさんの人の中に、彼がいないだろうかと凛風は視線を彷徨《さまよ》わせる。
せめてもう一度だけでも、彼の姿を目にしたい。
……けれどいくら探しても彼の姿は見えなかった。

第四章　鬼神の寵愛

日が落ちた後宮にて、静まり返った大廊下を、先導する女官に続いて凛風は歩いている。

頭に挿した簪がいつもより重く感じる。前で組んだ両手の震えがいつまでも収まらなかった。

両脇にはずらりと並ぶ妃たち。部屋から出てきて凛風を憎々しげに睨んでいる。

「あの子……あんなに汚い身体で陛下のもとへ上がるつもり？　正気じゃないわ」

「陛下はご存じないのよ、あの汚い傷」

「きっとすぐに戻されるわ。帰ってきたら笑ってやりましょう」

今、凛風は、実家から持ってきた肌が隠れる衣服ではなく、後宮にて用意された薄い衣装を身につけている。皇帝の気を引く装いをするのは閨に召された妃の義務なのだという。

真っ直ぐに続く廊下の先を見つめる凛風の目は絶望の色に染まっていた。

謁見後、凛風はすぐさま女官たちに取り囲まれ、皇帝の寝所に召されるための準備に取りかかった。

湯浴みをして髪を梳き、爪を整える。寝所に召された際の手順から閨での作法まで、後宮長から教えを受けた。やることは際限なくあり、自室へ戻ることも許されないほどだった。

長い廊下は、自分の死へ続く道。

前後を挟む女官が黄泉《よみ》の国からの使者のように思えた。

今すぐに逃げ出してしまいたい。いつものように湯殿へ行き、陽然の顔を見たい。

でもそれは決して許されないことだった。

そのようなことをすれば、浩然の命はない。

——ごめんね、浩然。

一瞬でも逃げたいと思ってしまった自分を凜風は責める。自分の心と弟の命、比べることなどできるはずもないというのに……。

一行は、後宮と清和殿を繋ぐ外廊下に差しかかる。清和殿の建物へ続く階段の下で、女官長が立ち止まり振り返った。

「この扉の先が、陛下がいらっしゃる清和殿にございます。我らはここより先には行けない決まりになっております」

凜風は震える脚で階段を上る。清和殿は荘厳な空気に包まれていた。

階段を上りきると繊細な彫りが施された観音扉が音もなく開く。中に入ると背後で閉まる。

前室は、耳が痛くなるほどの静寂に包まれていた。

この世ではない場所に足を踏み入れたような危機感に襲われる。今から自分が対峙するのは、本当に人ではない存在なのだ。殺めることなどできるはずはないと思うのに、やらなくてはならないのだ。

あらかじめ女官長から聞かされていた作法の通り、奥の扉に向かって凜風は口を開いた。

「百の妃、郭凜風、まいりました」

扉がゆっくりと開いた。

こくりと喉を鳴らして、凜風は首を垂れる。床に視線を固定したまま、部屋へ入ると、背後で扉が閉まる音がした。気が動転してどうにかなってしまいそうだ。悪い夢だったらどんなにいいか。

女官長から教えられた作法はここまでだ。後は皇帝に身を任せろと言われている。

首を垂れたまま、凜風は彼の足音がこちらへ近づいてくるのを、固唾を呑んで聞いている。足先が視線に入ったその刹那、ふわりと感じる香りに、凜風の頭が混乱する。

今朝、皇帝の指名を受けてからひと目だけでも会いたいと思い続けたあの人の香りのように思えたからだ。

会いたいと強く思いすぎて、ありもしないことを感じてしまったのだろうか。

視界の中の靴の足先も、彼が纏う衣も最上級品だ。一介の役人が身につけられるものではない。目の前にいるのは、紛れもなく皇帝だ。

「いつまでそうしているつもりだ？」

どこか楽しげな声が聞こえて、凛風は目を見開く。この声音にも聞き覚えがあった。顔を上げて皇帝の顔を見た瞬間、「え」と掠れた声が出る。そのまま彼の顔を見つめて言葉を失った。

皇帝と思っていた相手が陽然だったからだ。

自分は目までおかしくなったのだろうか？　ありもしない幻覚を見るなんて。

いつまでも彼を見つめたままなにも言えない凛風に、彼は楽しげにふっと笑った。

「驚きすぎて、言葉が出ないようだな」

「陽然、さま……？」

掠れた声で尋ねると、彼は笑みを浮かべたまま頷く。

「ああそうだ、俺だ。陽然は幼名だ。今の名は暁嵐」

「陽然さまが、皇帝陛下……」

唖然としたまま呟いて、自分の言葉にハッとする。目の前に広がる絶望の色がより濃くなるのを感じた。

陽然が皇帝だった。

つまり自分は、彼を殺めなくてはならないということだ。

なんて残酷な定めのもとに生まれてしまったのだろうと、凛風は自分の運命を呪う。

同時にやはり自分は彼を愛おしく思っているのだと確信する。

彼は、凛風が生まれてはじめて特別な感情を抱いた人であり、凛風に名前を書けるよう教えてくれた人なのだ。

その彼を殺めなくてはならないなんて……！

頭がかぁっと熱くなり鼓動がばくばくと鳴りはじめる。指先からすっと冷えるような心地がした。そのまま身体の力が抜けて崩れ落ちそうになったところを、彼に素早く抱きとめられた。

「大丈夫か」

抱き上げられ、寝台へ運ばれる。肌触りのいい上質な敷布の上に優しく下ろされた。

寝台の隣に腰を下ろした彼が自分を見つめる優しげな眼差しに、凛風の胸はズキンと痛む。

「驚かせて悪かった」

彼の手が凛風の頬をそっと撫でるその感触を心地よく感じてしまうのがつらかった。

もっと触れてほしいと思うのに、それはふたりの死への道筋を辿ることを意味するのだ。

凛風が胸元の手をギュッと握った、その時。

「安心しろ、伽をせよとは言わん」

暁嵐がふっと笑って、自分が着ていた上衣を脱ぎ、薄い衣装の凛風を包んだ。

「……え？」

首を傾げると、肩をすくめた。

「俺は伽をさせるためにお前を閨に呼んだのではない」

意外な言葉に、凛風は瞬きをする。

寝所に召されても、閨をともにしなければ、使命を実行することはできない。彼にその気がないということは、とりあえず今夜は使命を果たさなくていいということだ。

「そう……なんですか」

凛風はホッと息を吐く。

意外な成り行きではあるけれど、差しあたって今夜は生きながらえることができたのだ。

緊張が一気に溶けて胸を撫で下ろす凛風に、暁嵐が噴き出した。驚き首を傾げる凛風の視線の先で、そのまま肩を揺らしている。

「あの……？」

「皇帝の伽を逃れて、そのようにあからさまに安堵するな。不敬罪に問われても仕方がない振る舞いだぞ」

「え!? あ……。も、申し訳ありません」

指摘の意味を理解して、凛風は慌てて謝罪した。

凛風が安堵したのは、今すぐに使命を実行しなくてよいからだ。彼と閨をともにしたくないからではない。

でも凛風の正体を知らない彼から見たら失礼な振る舞いに見えたのだろう。

妃が皇帝の伽を嫌がることなどあってはならないこと。今彼が言ったように罰を受けても仕方がない。

でも彼にそのつもりはないようだ。

心底おかしそうに笑っている。その姿を見ているうちに、凛風の中で自分が恋しく想っている男性と皇帝としての彼が完全に一致した。

思い切って尋ねてみることにする。

「……ではなぜ、私をここへ呼んだのですか？」

閨にはべらせるつもりがないなら、どうしてわざわざ指名して寝所で会う機会を作ったのだろう？

「俺が妃を呼ばないことを皆が不満に思っている。とりあえず誰かを呼べば納得するだろうと思ったのだ」

つまり彼は、家臣たちへの手前、凛風を呼んだというわけだ。

確かに、誰も寝所に呼ばれないことについては、妃たちの間でも相当不満が溜まっていた。今宵のことで彼女たちが納得したわけではないけれど、誰も呼ばれないという状況よりはましになったと言えるだろう。

実際、ここへ来るまでの廊下でも『次は私』といった囁きも耳にした。

「それに、手習いには岩場は不向きだからな」

「手習いを……？　ここでしてもいいのですか？」

思いがけない彼の話に、凛風は弾んだ声で聞き返した。

一旦使命から逃れられただけでなく、一度諦めた手習いを続けることができるのだ。絶望の色に塗りつぶされていた心に、再び光が差し込んだような心地がする。

「ああ、だが今宵はダメだ。疲れているようだからな。明日からは毎夜お前をここへ呼ぶ。その時に」

「ありがとうございます」

思わず笑みを浮かべてしまってから、少し気まずい思いで彼を見る。

夜伽より手習いをできることを喜んでしまったのが、さっきのように失礼にあたらないか心配になったのだ。

「も、もちろん、陛下の夜伽の方が大切ですが……」

ごまかすように妃としての最低限の言葉を口にすると、彼は凛風を安心させるように首を横に振った。

「さっきはああ言ったが気にする必要はない。もともと俺は、その気がない妃に伽をさせるつもりはないからな」

「その気がない妃には伽をさせない……？」

彼の言葉を、凛風は心底不思議に思う。皇帝である彼の口から出たとは思えない内容だ。

皇帝はこの国の最高権力者で、望めばなんでも思うまま。彼の意向に臣下である民が従うのはあたりまえだ。彼がいちいち従わせる者の心境を気にする必要はない。

固まったまま考える凛風に、暁嵐が眉を寄せて問いかけた。

「まだ不安か？　俺は嘘は言わん」

「い、いえ、そうではありません。陛下のお言葉を疑っているわけではなく、ただ……」

「ただ？」

問われるままに、素直な疑問を口にする。

「少し、不思議なお言葉に思えました」

「どういうことだ？」

「……陛下が……その、妃《わたしたち》の心を考えてくださるのが……。従うべき者は胸の内がどうだろうと、力のある者に従うべきですから」

凛風の言葉に、暁嵐は険しい表情になり、強い視線を凛風に向けた。

「いいか、凛風」

力強く自分の名を呼ぶ暁嵐に、凛風は目を見開いた。

「俺はそのようなことはしない。民が己の心のままに生きられる世を作ると決めている」

「己の心のままに生きられる世……？」

「そうだ。身分の上下にかかわらず。嫌なものは嫌だと言える世だ。だから俺はたとえ相手が家臣だろうが妃だろうが、相手の心を蔑ろにして、望まぬことを強いることはしたくないと思っている」

彼の言葉は、凛風にはおかしなことのように思えた。身分の低い者、力のない弱い者は強い者に従う。その仕組みでこの世は成り立っている。

そもそも人が弱い存在で、鬼である彼に魑魅魍魎から守ってもらわなくては存在できないというのに。

「家臣を従わせている俺がこのようなことを言うのはおかしいか？」

「そのようなことは……。ですが、考えたことのない話でしたので……」

混乱しながら凛風は答える。彼の言う世が、人にとっていい世なのかどうかすらよくわからなかった。

「ならこれから考えろ。もしそのような世であれば、お前はどうするのか。どのような行く末を望むのか」

「どのような行く末を望むのか……」

混乱したまま呟くと、暁嵐が表情を緩ませ凛風の頭をポンポンとした。

「すぐに、とは言わん。とにかく今宵は疲れたであろう。もう休め」

そう言って彼は寝台の掛け布をまくる。

寝台に横になるように促され、凛風はどきりとして固まった。

確かに今日は疲れたが、ここで休むわけにはいかない。なにせここは彼の寝台なのだ。凛風がここで寝るということは、彼と同じ寝台で眠ることを意味する。

「へ、陛下……私は、床で寝ます」

「陛下はやめろ。今まで通り、名でいい」

頬が熱くなるのを感じながらそう言うと、彼は不快そうに眉を寄せた。

「名って……暁嵐さま……ですか？」

「それでいい。それから俺は女を床に寝かせる趣味はない。同じ寝台で寝るのが嫌なら、俺が床で寝る」

有無を言わせぬようにそう言われて、凛風は慌てて首を横に振った。

「同じ寝台で大丈夫です。嫌ではありません」

まさか彼に床で寝てもらうわけにはいかない。

暁嵐が寝台に向かって首を傾ける。ならば言う通りにしろという意味だ。

凛風が恐る恐るそうすると、彼も隣に横になる。

大きな寝台だから互いの身体が触れ合うことはなさそうだ。それでも隣に彼がいるという状況に凛風の胸はドキドキとした。

とても寝られそうにない。

けれど、皇帝のために用意された寝心地のいい寝台の中で目を閉じると、途端に眠気が襲ってくる。

暁嵐の手が頬に触れたように感じても、目を開けることができなかった。優しい温もりは、なぜか母を思い出す。

己の心のままに生きられる世。

もしそのような世であれば、自分はどのような行く末を望むのか……。

彼からの問いかけを頭の中で繰り返し、凛風は眠りに落ちていった。

すうすうという凛風の呼吸が規則的になったのを確認して、暁嵐はむくりと起き上がる。そして、凛風の髪に挿したままになっている簪を引き抜いた。

鋭く尖った先が紫色に変色している。術がかけられている証だ。弟の輝嵐の仕業に違いない。暁嵐を絶命させるにはやや弱いが、やつにはこれが精一杯なのだろう。

枕に顔をうずめて眠る凛風の、少し幼く見える頬に手を伸ばす。柔らかな感触に胸が甘く締め付けられた。

部屋へ入ってきた時の凛風は、遠目にもわかるほど怯え震えていた。自らに課せられた使命に恐れ慄《おのの》いていたのだろう。その姿に暁嵐の胸は痛んだ。

すぐにでも抱きしめて、つらい使命から解き放ってやると言いたくなる衝動に駆られたが、奥歯を噛んでどうにか耐えた。

彼女の心と抱えているものがわからないままに、それをするのは危険だからだ。彼女と皇太后がどのくらい深く繋がっているのかを確認する必要もある。そもそも彼女自身が、使命から解き放たれたいと思っているのかどうかすらわからないのだから。

それでも。

暁嵐が皇帝だと知った時の絶望に染まる瞳に、暁嵐は希望を見出した。

やはり刺客としての役割は、彼女の本意ではないと確信したからだ。

彼女を危険な使命へと駆り立てるもの。自らの命を投げ打ってでも使命を果たさなくてはならないと思うのはなぜか、その答えを必ず見つけ出してみせる。

そして必ずこの手で彼女を救い出す。

ひと時の平和を楽しむように眠る凛風を見つめて、暁嵐はそう決意する。

彼女に、己の行先を自分で考えるように言ったのはその第一歩だった。

彼女が自分で考えて自らの意思で、暁嵐に心を預けてくれるなら、どのようなものからも守ってやることができる。

もう迷いはなかった。

閉じた長いまつ毛と、柔らかな頬、桜色の唇も。

彼女のすべてに、暁嵐の心は囚われているのだから。

目にかかる黒い艶やかな髪をそっと払うと、彼女は「ん」と唸《うな》ってこちら側に寝返りを打つ。

暁嵐は笑みを浮かべて、真っ白な額に口づけた。

「陛下におかれましては、昨夜は、お妃さまをお召しになられまして、ありがとうございます」

黄玉の間にて、ずらりと並ぶ家臣たちを背に丞相が暁嵐に向かって頭を下げる。

今日も隣には皇太后がいる。

心底安堵したような表情の丞相に比べ、にこやかではあるものの皇太后はどこか探るような目で暁嵐を見ている。閨をともにしたのに暁嵐が無事でいることを訝しんでいるのだろう。

「さらに今宵も百のお妃さまをお召しになられるとのこと。よほどお気に召したようにございますな」

丞相の言葉に、暁嵐は頷いた。

「ああ、気に入った。しばらくは彼女を閨に呼ぶことにする。後宮を開いてくださった義母上に感謝いたします」

皇太后の視線を感じながら、暁嵐が機嫌よく答えると、丞相がははは と笑った。

「これはこれはよほどお気に召したようですな！　百のお妃さまは確か郭凱雲の娘。褒美を取らせる必要がありそうですな」

「ほんに、ありがたいことにございます」

皇太后が扇で口元を覆い答える。

「ではお世継ぎの誕生も近いうちに見られるやもしれませんな」

丞相の言葉に、暁嵐は首を横に振った。

「いやそれはまだ先だ。俺はまだ彼女と閨をともにしていない」

暁嵐がきっぱりと言い切ると、皇太后が桃色に染め上げた眉を上げた。

一方で丞相は笑いを引っ込めて眉を寄せる。

「は？　……閨を……陛下、どういうことにございますか？」

「言葉通りの意味だ。俺はまだ彼女を抱いていない」

「へ、陛下……それは」

「案ずるな、男女のことは繊細だと義母上も仰ったであろう？　俺は彼女とゆっくりことを進めたいと思っているだけだ。近いうちに、そうなる」

暁嵐が言い切ると、丞相は一応納得した。

「これはこの場だけの話にしてくれ、それから彼女を責めてはならん」

「も、もちろんにございます、陛下。それほど大切に想われるお方を見つけられたのはよきことにございます。無事にことが成ることをお待ちしております」

かしこまって頭を下げるのを、暁嵐はふっと笑う。

「逐一、報告せよというのか。お前も悪趣味だ」

「い、いえ、その……」

皇帝と丞相の間で交わされる冗談に、他の家臣たち、皇太后も、にこやかに笑った。

寝所での出来事を赤裸々に語るのは、凛風の身に危険が及ぶのを避けるためだ。

閨をともにしていながら、使命を実行できていないとなれば、彼女が皇太后からどのような扱いを受けるかわからない。

――危険な賭けだった。

暁嵐が皇太后の策略に気づいていると、皇太后に悟られるのが先か。

凛風が暁嵐を信頼し心を預けてくれるのが先か。

負ければ、凛風の命はない。

皇太后がにっこりと微笑んだ。

「陛下がこのように女子にお優しい方だとは思いませんでした。無事に百の妃と結ばれることを願います」

暁嵐は彼女の目を見据えたまま微笑んだ。

「ありがとうございます、義母上」


「凛風さま、湯殿の時間にございます」

昼食を食べて半刻が経った頃、女官が部屋へやってきた。

凛風は手習いをしていた手を止めて立ち上がった。

「今まいります」

はじめて暁嵐の閨に呼ばれた次の日から、凛風は昼食を食べた後、人払いされた湯殿でひとりで湯に浸かることを許されるようになった。夜中に外の湯殿に行けなくなった凛風に対する暁嵐からの気遣いだ。

本来は皆で使う湯殿を、ひとりで使うなんてあり得ない。申し訳ないと固辞したが、仮にも寵愛を受ける妃が行水で済ませるつもりかと後宮長に叱られて仕方なく従っている。暁嵐に頼んで以前のように外の湯殿に連れていってもらうことも考えたが、それでは手習いに取れる時間が少なくなってしまう。

「皇帝陛下からおひとりで湯殿を使うお許しがあるほどのお妃さまは、後宮はじまって以来、凛風さまがはじめてだそうですよ」

付き添いの女官が、湯殿への廊下を歩きながらにこやかに言った。彼女は、凛風に外の湯殿へ行くよう勧めた女官だ。はじめて閨に呼ばれた日の次の朝、部屋で凛風を待っていて、これからは凛風付きの女官となると告げた。

それから数日、こうやって毎日凛風の湯殿に付き添ってくれる。

小廊下から大廊下へ出ると、たくさんの妃たちを引き連れている二の妃に出会った。凛風に気がつくと彼女たちは会話を止め立ち止まる。

「あら、百のお妃さま、ご機嫌よう」

二の妃がにこやかに挨拶をした。

「ご機嫌よう」

凛風は驚きながら小さな声で答えた。

二の妃から声をかけられるのははじめてだ。彼女はいつもたくさんの取り巻きを引き連れて歩いているが、凛風を気にも留めていない。それなのにわざわざ立ち止まり声をかけられたのが意外だった。

二の妃の後ろにいる妃たちも口々に凛風に挨拶をする。だが皆、凛風を見る目は鋭

にもいかなかった。

明らかに友好的ではない雰囲気に、すぐに立ち去りたい気分だったがそういうわけ

かった。

「湯殿へ行かれますの？」

「はい」

戸惑いながら答えると二の妃はにっこりと笑って頷く。

そして凛風の隣の女官を見た。

「あなた、百のお妃さまをお綺麗にして差し上げてね。今宵も陛下の閨に上がる方なのだから。汚れなどひとつも残さぬように」

『汚れ』のところに力を込めて彼女が言うと、後ろの妃たちがくすくすと笑った。

「あらぁ、それは無理ですわ、二のお妃さま」

「そうそう。だって百のお妃さまのお身体には、汚れどころか醜い傷がありますのよ」

「綺麗になどなりようがありません。無理なことをさせては女官が可哀想です」

凛風の身体の傷を揶揄《やゆ》する言葉を口にした。

「あら、そうだったかしら」

二の妃がわざとらしく言って、眉を寄せた。

「そもそもその傷痕がある身体でどうして後宮に入れたのかしら？」

凛風の正体にかかわるような言葉だ。凛風の胸が冷えた。

二の妃の疑問に妃のひとりが目を吊《つ》り上げて凛風に問いかける。

「本当に身体検査を受けたの？　汚い手を使ってごまかしたんじゃないの？」

「そ、そのようなことは……」

慌てて凛風は首を横に振る。凛風の後宮入りは間違いなく皇太后によって仕組まれたものだが、それを言うわけにいかない。

「だけどわからないのは、陛下があの傷を見ても閨に呼び続けることだわ。あんなに汚い傷痕がある身体でとても伽が務まるとは思えないのに」

「本当に、どうして？」

「全然わからない」

妃たちは口々に言って凛風を睨む。

二の妃がにっこりと微笑んだ。

「どうかしら、皆さん、今ここで百のお妃さまに種明かしをしていただいては？」

意味不明な言葉に首を傾げる凛風を、意地悪な目で睨み周りの妃たちに指示を出す。

あっという間に凛風は妃たちに取り囲まれて両腕を掴まれた。

「な、なにをなさいます……！」

声をあげる女官を無視して、意地の悪い笑みを浮かべた。

「陛下を夢中にさせているそのお身体を、私たちに見せてくださいな」

つまりここで服を引っぺがして、裸にしてやろうということか。彼女の魂胆《こんたん》に気がついた凛風は真っ青になった。

「なっ……い、嫌です……！　は、放してください」

身体の傷痕を揶揄されるくらいの嫌がらせは慣れっこだが、さすがに皆の前で裸になるのは嫌だった。そもそもそれを気にして人目を避けて入浴しているというのに。

けれど二の妃はそれが気に食わないのだ。だから、凛風が一番嫌がるであろうことをあえてここでやろうとしている。

「恥ずかしがることはありませんわ、百のお妃さま。女同士ではありませんか。本当なら、私が湯殿でお背中をお流しして差し上げたいくらいですもの」

優雅に言って、彼女は顎で他の妃たちに指示をする。

凛風の腕を掴む妃が、帯に手をかけた時。

「おやめなさい」

大廊下に凛《りん》とした声が響いた。凛風の衣服を脱がそうとしていた妃たちがぴたりと止まる。

声の主は一の妃だった。彼女も何人かの妃を連れている。

揉み合いになっている凛風と妃たちを蔑むような目で見た。

「そのような真似をするは、慎むべきです。私たちは皆陛下をお支えする身だとご自覚なさい。下衆な振る舞いをすれば陛下の品格を落とすことになります」

二の妃が忌々《いまいま》しげに舌打ちをして、凛風を押さえ込んでいる妃たちに合図をすると凛風は解放された。

「ただの戯《たわむ》れに、大げさですこと。そのようなお固いお考えの女子が陛下のお心を癒やして差し上げることができるかしら」

二の妃は、捨て台詞《ぜりふ》を吐いて、取り巻きを引き連れて去っていった。

一の妃もくるりとこちらに背を向けた。

「あの……！」

凛風は彼女を呼び止めた。

「ありがとうございました」

衣服の乱れを整えながら礼を言うと、彼女は振り返り、眉を寄せて答えた。

「私は、後宮の秩序が乱れぬよう止めたまで。あなたを助けたわけではありませんわ」

凛風を頭の先から足までじろりと見た。

「私も皆さまと同じように、なぜあなたが陛下のご寵愛を受けるのか疑問です。陛下の寵愛を受けるには、この後宮で強くある覚悟がなければいけません。あなたには、そのような覚悟はないように思えます。ただ寵愛を受けるだけが妃の役割ではありませんよ」

そう言って、またこちらに背を向けて去っていった。

「凛風さま、今回のこと、陛下と後宮長さまにご報告されますか？」

心配そうな女官からの問いかけに、凛風は首を横に振る。

「そこまでは……」

衣服を脱がされるのは嫌だったが、一の妃があそこまで言ってくれたのだ。もう同じことは起こらないだろう。それ以外のことは、言うほどのことではない。

それよりも……。

去っていく一の妃の背中を見つめながら、凛風は別のことが気にかかっていた。

『なぜあなたが、陛下のご寵愛を受けるのか疑問ですわ』

そう言われて考えてみると、どうして彼は凛風を閨に呼んだのだろう？

どうしてここまで優しくしてくれているのだろう？

はじめは彼は役人としての役割を果たしているのだと思った。でも彼が皇帝だったのならそれは間違いだったということだ。

彼は、伽をさせるつもりはない最下位の妃の湯浴みに付き合ってくれて字を教えた。

まさに皇帝としての慈悲深い行いだとは思うけれど、それでもやはり疑問だった。

家臣の手前、妃を寵愛しているふりは必要なのかもしれないが、だとしてもここまで優しくする必要はないはず。

「凛風さま、まいりましょう」

女官の言葉に頷いて彼女の後をついて歩きながら、凛風は考えを巡らせていた。

若草色の綺麗な紙の中央に、大きく凛風と書く。止めと跳ねを意識して……。凛風の字の最後の跳ねを書き終えて息を吐く。そのまま凛風はすーはーと大きく呼吸をした。知らぬ間に息を止めてしまっていたようだ。

肩を動かして呼吸をしていると、暁嵐が隣でくっくと笑った。

「息を止めるやつがあるか」

「き、緊張してしまって……」

答えると、彼は凛風の書いた紙に視線を送った。

「だがよく書けている。弟も喜ぶだろう」

その言葉に、凛風は嬉しい気持ちでいっぱいになる。彼が『よく書けている』と言うならば、浩然もそう思うはずだ。

凛風が彼の寝所に呼ばれるようになって五日目の夜である。

今宵凛風は、浩然への文をしたためている。

とはいっても、自分の名を書いただけ。

まだ言葉を書くことはできなくとも、自分の名を記すだけでも元気だということを伝えられるのではと暁嵐が言ってくれたのである。

彼がくれた立派な紙は、どう見ても高級なものだった。いつもの紙とはわけが違う。手が震えるほど緊張したが、どうにか書くことができた。

「よく頑張った」

紙を見て満足げに微笑む暁嵐に、凛風の胸はきゅんと跳ねる。その優しい眼差しに、もう十分だと思う。

弟に文を書くという望みが叶った今、これ以上望むことはない。たとえ今ここで命を絶たれたとしても悔いはない、そんな気持ちだった。

できることならこのまま、自分だけが消えてしまいたい。

暁嵐と浩然、どちらの命を選ぶのか決めることなど凛風にはできそうにない。この幸せな気持ちを抱いたまま、自分の存在が消えてしまえばいいのに。

文を見つめて、凛風はそんなことを考える。

その間に、暁嵐が別の書物を持ってきて文台の上に広げた。首を傾げる凛風に、視線で書物を差し示す。開いてみろということか。

「わぁ……！　綺麗」

手に取り、書を開いて凛風は声をあげた。

そこには色とりどりの絵が描かれていたからだ。花が咲き鳥が飛ぶ美しい町、舞を舞う美しい女性。字が書いてあるから、物語のようだ。

物語が描かれた書は、妹の美莉の部屋を掃除した時にちらりと目にするくらいだったが、なにが書かれてあるのだろうといつも気になっていた。

「それをお前にやる」

「読んでくださるのですか？」

凛風の胸は弾んだ。この美しい絵に、どんな物語が書かれているのだろう。

だが彼は首を横に振る。

「いや、俺は読まない。これはお前が読むためのものだ」

「……私が？」

「ああ、名を書けるようになったのだから、次は他の字を教えてやる。このくらいならすぐに読めるようになる」

その言葉に、凛風は書に視線を戻した。

難しい字ばかりのように思う。とてもできそうにないと思うけれど、美しい絵を見ていると物語の内容を知りたくなる。

「できるでしょうか？」

尋ねると、彼は力強く頷いた。

「俺が教えるのだから、できないはずがない」

そして書物を見る凛風を後ろから包み込むように抱く。書物を持つ凛風の手に自らの手を重ねて紙をめくる。

「この物語は架空の話だが、舞台になった町は実際の町だ」

耳元から聞こえる彼の声に、身体が熱くなっていくのを感じながら、凛風は問いかける。

「このような美しい町がこの国にあるのですか？」

書物に描かれた町は花が咲き乱れ色とりどりの蝶が飛んでいる。天界か、あるいは想像上の場所だと思っていたのに。

「ああ、南の方にある町だな。この辺りは冬がない。一年中暖かいからこのように花が咲き乱れているのだ」

「そのような場所がこの国に……？」

信じられない話だが、皇帝である彼が言うのだから嘘ではない。

「夢のような場所ですね」

凛風はため息をついた。冬が長い地方で育ち、凍える手で洗濯をしていた凛風にとっては、信じられない。

耳元で彼が微笑む気配がした。

「望むなら、いつか連れていってやる」

その言葉に、思わず振り返ると、彼は強い視線で凜風を見つめている。

――望むなら。

なんの希望もない人生を歩んできた凜風には、その言葉は新鮮に耳に響いた。

なにかを望むことなど、自分には許されなかったことだ。

「望むなら……」

彼の言葉を繰り返すと、彼は力強く頷いた。

「ああ、凜風。お前が望むなら」

彼は皇帝なのだから、そのくらいわけないのだろう。

それでもそれは叶うはずのないことだった。今この時は凜風にとっての最後の猶予期間、いつまでも続く時間ではない。たとえ彼が本気でも、その『いつか』にふたりは存在しない。

――でも。

『望む』と、言いたいという思いが胸の中に芽生えるのを、凜風は確かに感じていた。

それははじめてここに来た夜に、彼から聞いた話が間違いなく影響している。

己の心のままに生きられる世。

その言葉が、あの日からずっと心に引っかかり、凜風の頭から離れなかったからだ。

もしここが、己の心のままに生きられる世なら。

凛風は、皇帝暗殺などという恐ろしい使命に臨むことはしない。ただ愛する者との平穏な日々を望むだろう。

この夢のような町に行きたいと願うだろう。

今はまだ言えないけれど……。

目を伏せて答えられない凛風の頭に暁嵐の大きな手が乗る。

「今宵はこれで終いにしよう。この書物は部屋へ持ち帰っていいから、昼間に見ているといい。寝るぞ」

そしてそっと離れて、寝台へ行き横になる。枕に肘をついた姿勢で凛風に向かって首を傾げた。

自分の隣へ寝ろという意味だ。だが凛風はすぐに従うことはできなかった。

はじめて彼の隣で眠った日から五日目になるが、彼と同じ寝台で寝ることにまだ慣れていない。

とはいえずっとこうしているわけにもいかず恐る恐る寝台に上り、隅っこに身体を入れて横になる。皇帝用の寝台は他のものとは比べものにならないくらい広い。こうすれば同じ寝台にいると意識しなくてよいほど距離を取ることができる。

だが暁嵐は納得しない。

「そのように端で寝ては、夜中に転がり落ちてしまうぞ」

「大丈夫です……」

「なにが大丈夫だ。もう少しこっちへ来い。身体が冷える」

なおも躊躇《ちゅうちょ》する凛風に、暁嵐が呆《あき》れたようにため息をついた。

「いつになったら慣れるのだ？　俺は伽をさせるつもりはないとは言ったが、そのように端で寝るのを許すとは言っていない。いつ転がり落ちるかと気になって眠れないではないか」

「ですが……」

暁嵐がじろりと凛風を睨む。

「聞き分けのない妃は、腕の中に閉じ込めてしまおうか。そうすれば身体も冷えぬだろう」

彼の言葉に凛風は耳まで赤くなる。そんなことをされては寝るどころの話ではない。急いで身体を起こしそろりそろりと移動して、彼の身体に触れるか触れないかのところで再び横になった。

暁嵐がくっくっと笑った。

「俺の腕に抱かれると聞いてようやく従うとは、相変わらず失礼なやつだ」

『失礼なやつだ』と言いながら心底愉快そうだ。そして、近くなった距離に熱くなる頬を隠すため掛け布を鼻のあたりまで引き上げる凛風の頭を大きな手で撫でる。前髪を長い指で梳く、その手つきも言葉とは裏腹に優しかった。

凛風の頭に少し前に一の妃から言われた言葉が浮かぶ。

「暁嵐さま、お尋ねしてもよろしいですか？」

「なんだ」

「暁嵐さまは、どうしてここまで私に親切にしてくださるのですか？」

暁嵐が凛風の言葉に眉を上げる。そして、呆れたように口を開いた。

「……無垢すぎるのも困りものだな。後宮では、男女のことはなにも教えないのか」

意味不明な呟きに凛風が首を傾げると、続きを口にする。

「男が女子にここまでしておいて、下心がないわけがないだろう？」

「え……？　それってどういう……？」

下心などという、考えてもみなかった言葉に瞬きを繰り返す凛風に、暁嵐はため息をつく。

「それくらいは自分で考えろ」

面白くなさそうにそう言って、彼はこちらに背を向ける。

「もう寝ろ」

その広い背中を見つめて、凛風の鼓動がとくとくとくと速くなった。

思ってもみなかった彼の言葉の意味を考える。

もしかして彼も自分と同じ気持ちなのだろうかという甘い期待が胸に広がっていく。

目を閉じると、先ほどの書物に描かれていた花が咲き乱れる町が広がっていた。

自分が置かれている状況には、なんの変化もない。先行きが絶望的であるのには変わりはないけれど、それでも今夜だけはこのふわふわとした気持ちを抱いたまま眠りにつきたかった。

せめて夢の中でくらいつらいことは忘れていたいから……。

そんな思いを胸に、凛風は眠りについた。


凛風の寝息が規則的になったのを感じて暁嵐はゆっくりと振り返る。眠る彼女の口元には、うっすらと笑みが浮かんでいた。

のんきに眠る姿に、暁嵐は苦笑する。

無垢にもほどがあるだろう。

ついさっき〝下心がある〟と口にした男の隣にいるというのに、無防備に寝息を立てているのだから。

手を伸ばして黒い髪を撫でる。指先に感じるさらさらとした感覚に、なにかが込み上げるような心地がした。

真っ白い柔らかい頬に、思わずそっと口づけると、どこか懐かしいような甘い香りに包まれる。暁嵐は、ふーっと息を吐いて、自分の中の激情をやり過ごした。

その気がない妃には伽をさせないと言った自分の言葉を後悔しそうになってしまう。鬼の力は女と閨をともにしている時は半減する。今まではどうとも思っていなかったその現象を、恨めしいと思うくらいだった。

今宵の彼女の、書物に目を輝かせていた姿が暁嵐の衝動を駆り立てた。

皇帝として家臣に贈り物をすること自体は珍しくないが、自ら選んだのははじめてだった。相手の反応が気になるのもはじめてで、彼女が喜ぶ姿に、心底安堵し自分も同じ気持ちになった。

あの町へ、彼女を連れていきたいと強く思う。

彼女が望むならどのようなことも叶えてやりたい。

焦りは禁物とわかっていながらも、彼女の口から望む言葉を聞きたいと思う。

くうくうと可愛らしい寝息を立てる彼女を見つめながら、暁嵐は口元に笑みを浮かべる。細い肩に、掛け布をかけ直した時、あることに気がついて振り返った。

凛風を起こさぬようそっと寝台を下り、寝室と前室とを隔てる観音扉を開いた。

「悪趣味だな、秀宇」

前室に跪き頭を下げている側近に声をかける。凛風を起こさぬよう自分も前室へ入り扉を閉めた。

「皇帝と妃がいる寝屋に聞き耳を立てるとは」

彼を見下ろし冗談を言った。

凛風を迎え入れている時は、暁嵐は寝所に特殊な結界を張っている。どれほど大声をあげようが、外からは聞こえないようになっている。

「申し訳ありません」

押し殺したような声で、秀宇が答えた。

「まぁ、いい。先日は俺も熱くなって悪かった」

声を和らげてそう言うと、秀宇が安堵したように顔を上げた。

「暁嵐さま……」

凛風への対応について意見が分かれて言い合いになってから、彼はしばらく暁嵐の前へ顔を見せなかった。

皇帝の逆鱗に触れたから、合わせる顔がないということだろう。暁嵐も彼の意見を汲まずに動いていることに後ろめたさを感じてそのままにしていた。

今夜様子をうかがうため清和殿に姿を見せたのは、それでも暁嵐が気になるということ。兄弟のように育った忠実な側近のその気持ちを暁嵐は心底ありがたいと思う。

「今の宮廷の状況で俺の側近でいることは、気苦労が絶えないだけでなく命も危険に晒される。それでもそばにいてくれるのを俺はありがたいと思っている」

「暁嵐さま……。私は、私のことはよいのです。私はただ暁嵐さまに危険が及ぶことが心配なだけにございます」

秀宇が目に涙を浮かべる。

暁嵐は沈黙し、深い息をついた。

「凛風が刺客だという確たる証は確認した。彼女が常に挿している雪絶花の簪に術がかけてある。あの術をかけられるのは輝嵐しかいない。皇太后が彼女を刺客として閨に送ったという証になるだろう」

暁嵐の報告に、秀宇が静かに確認をする。

「ですが、暁嵐さまは郭凛風が刺客だと明らかにして皇太后さまを糾弾するおつもりはないのですね？」

暁嵐はまた沈黙する。

凛風の簪を証として皇太后を糾弾するためには、皆が見ている前で凛風を捕らえて簪を抜いてみせる必要がある。しかしそこまですれば、彼女は、皇帝暗殺未遂の罪から逃れることはできないだろう。皇帝に刃を向けようとした者は死罪である。

「暗殺は彼女自身の意思ではない。そのように育てられたか、あるいはなにかを盾にそう仕向けられている」

凛風の生い立ちを自分の目で確認してきた秀宇はそれには反論しなかった。

「彼女もまた俺と皇太后の権力争いに巻き込まれた被害者だ」

「ですが、皇太后一派を一掃する千載一遇の機会でもあります。多少の犠牲を払ってでも……とは思われませんか？」

あくまでも冷静に秀宇は言う。暁嵐はそれを取り立てて非情な意見だとは思わなかった。そうすることでこの後出てくる犠牲をなくすことができるのだから。

「秀宇、俺が父上の遺言に従い即位することを決断したのは、権力が欲しかったからではない。ただ母上のような者を出さぬ世を作りたいと思っただけだ」

「存じ上げております」

「そのような世は、できるだけ犠牲を出すことなく実現したいと思っている。身分の上下にかかわらず命の重さは皆同じだ」

そのことは身に沁《し》みてわかっている。

暁嵐の母親が死んだ時、妃の身分であったにもかかわらず詳細な調査はされなかった。所詮女官出身の女だと陰で言われていたのを聞いた時の悔しさが暁嵐の胸に焼きついている。

「御意にございます」

暁嵐は目を閉じて深い息を吐いた。

「……この場合は、皇帝としてはお前の言う通りにするべきだろう。彼女は犠牲になるが、この先起こりうる悲劇は避けられる。……それでも」

暁嵐はそこで言葉を切り、拳を握りしめた。

「俺は、凛風が俺に心を預けるのを待ちたいと思う」

「郭凛風が、こちらに寝返るという確証はありますか？　皇太后さまが暁嵐さまの思惑に気づかれる前に。もし気づかれてしまえば、即座に消されるでしょう」

そして暁嵐は皇太后を追い詰める証を失い、また振り出しに戻るのだ。

だがそれしか凛風の生きる道はない。どれほど危うい橋でも渡るしかないのだ。

「秀宇、馬鹿なことをしているのはわかっている。この件に関しては、完全にお前が正しい。それでも俺は、これだけは思うようにしたいのだ」

強い決意を口にして、暁嵐は秀宇を見つめた。

「暁嵐さま……」

今まで暁嵐は常に判断を間違えることなく正しい道を歩いてきた。正しいと思うことのみを行ってきた。それが皇帝としての姿であり、そうある責務を負っている定めなのだ。

その暁嵐が間違っていてもその道を進みたいと告げたことに、秀宇は言葉を失っている。

「凛風を犠牲にし、皇太后を退けることができれば、俺が思い描いていた世を作ることができるだろう。だが俺は、その先を思い描くことができないのだ」

凛風がいなくなる。

想像するだけで、どす黒い感情が腹の中をぐるぐる回る。彼女がいなくなったその先に、この国がどのようになろうと知ったことかと、もうひとりの自分が言う。

握った拳が赤く光った。

鬼の力は危ういもの。怒りに支配されれば暴走し、どうなるか暁嵐にもわからない。魑魅魍魎から人を守るという決まりごとがいつはじまったのかわからないが、それすらも馬鹿馬鹿しいと思うくらいだ。

凛風を救えなかった時、その怒りが皇太后のみならず人という存在自体に向かわないという自信がない。

赤く染まった目で、秀宇を見ると、彼は驚愕の表情で暁嵐を見ていた。

「暁嵐さま、それほどまでに郭凛風を……」

そして、床に手をついた。

「そうであるならば、私は全力をあげて郭凛風……いえ、凛風妃さまをお守りいたしましょう」

自分にもっとも忠実な側近からの言葉に、暁嵐はいくばくかの安堵を覚える。目を閉じて、漏れ出ていた鬼の力と荒ぶる心を落ち着かせる。

目を開いて秀宇に向かって口を開いた。

「ああ、頼んだ。まず彼女が皇太后になにを握られているのか、どうして刺客とならざるを得なかったかを詳しく調べてくれ」

「御意にございます」

秀宇が頭を下げた。


午後の明るい日差しのもと、案内役の役人について凛風が厩へ顔を出すと、気がついた黒翔が、嬉しそうにぶるんと鳴いた。

「黒翔！」

思わず凛風は駆け出して、黒翔の顔に抱きついた。

「久しぶり、元気だった？」

凛風の言葉に答えるように黒翔がふんと鼻を鳴らした。後ろで、厩の役人が心底驚いたというように声をあげる。

「驚きました。黒翔がこのように身を預ける者は陛下しかおりませんから」

「いや、今や俺よりも心を許している。俺の手入れでは不満そうにしているからな」

楽しげな言葉に驚いて凛風は振り返る。

従者を従えた暁嵐が立っていた。

「暁嵐さま」

暁嵐が視線だけで合図すると、周りの役人たちは声が聞こえないくらいまで離れていった。警護を怠ることはできずとも皇帝と妃のひと時に配慮しているのだ。

「黒翔に会うことを許してくださり、ありがとうございます」

凜風が弾んだ声で礼を言うと、彼は首を横に振った。

「いや、そろそろ黒翔からもせっつかれていたからな。さっき言ったように、俺の手入れでは満足できないようだ」

凜風が百の妃として彼の寝所に呼ばれるようになって二十日が経った。

今の凜風の生活は、夜は彼から字を習い、昼は彼がくれた簡単な書物を読むというものだ。閨に召されながら使命を実行していないことについて皇太后がどう思っているのかという懸念はあるものの、おおむね平穏な日々である。

気がかりなのは、黒翔だった。

季節は春を迎え、毎夜湯に浸かる必要はなくなった。手入れは昼間に暁嵐がしていると聞いてはいても寂しい気持ちは収まらなかった。

黒翔は、今の凜風にとって心の支えといえる存在だ。元気にしているだろうかと思い出しては会いたくなる。それを暁嵐に話したら、手入れをする際に会わせてくれることになったのである。

暁嵐が櫛を手にして、さっそく手入れをはじめようとする。

「黒翔、こっちを向け」

でも黒翔はぶるんと不満そうに鳴いて従わない。濡れた瞳で凛風をじっと見つめている。

「私にやらせてくれるの？」

尋ねると彼は瞬きで答える。

「皇帝の手入れを拒否するとは、いい度胸だ」

苦笑する暁嵐から櫛を受け取り、凛風はさっそく手入れに取りかかる。久しぶりの黒翔との触れ合いに胸が弾んだ。

まずはすべての脚を指圧して蹄の汚れを取り払う。最後に毛並みを整えて、満足そうに鼻を寄せる黒翔の顔に抱きついた。

「お疲れさま。どこもかしこも健やかで安心した」

目を閉じて、心地よい艶々の毛並みを感じ取り幸せな気持ちになっていると。

「いつまでそうしているつもりだ？」

後ろから声をかけられる。振り返ると、暁嵐は柱にもたれかかり腕を組んで、呆れたように凛風を見ていた。

「妃との逢瀬だと告げて俺は政務を抜けてきたのに、肝心の妃が黒翔に夢中では俺の面目は丸潰れだ」

「え？　……あ、申し訳ありません」

凛風は辺りを見回した。確かに、従者たちは、声は聞こえないものの姿が見える場所にいる。凛風が暁嵐そっちのけで黒翔の手入れをしているのは一目瞭然だ。

「久しぶりだったので、その……」

もじもじしながらそう言うと、暁嵐が柱から身体を起こし、くっくっと笑いながら凛風のところへやってくる。そして凛風を囲むように黒翔の体に両手をついた。

黒翔と彼の腕に挟まれて凛風の胸がどきんと跳ねた。

「俺の寵姫は、自分が誰の妃なのかをときどき忘れてしまうようだ」

楽しげに言って彼はじっと凛風を見つめる。その視線に、凛風の頬が熱くなった。

『寵姫』という言葉に、少し前の夜に彼に言われたことが頭に浮かんだからだ。

彼が凛風に親切にしてくれる理由……。

その先は自分で考えろと言われたその答えは、はっきりと出ていない。彼もあれ以来なにも言わなかった。

でもときおりこんな風に、核心をつくような言葉を口にして、熱のこもった視線で凛風を見る。そのたびに、それが答えのように思えて、凛風の心はふわふわと軽くなる。まるで天まで上る心地がするのだ。

自分はこのような気持ちになる立場にないとわかっていながら止められない。

「そ、そのようなことは……」

呟いて目を伏せると、彼は凛風の顎に手を添える。その手にぐいっと上を向かせられると、視線の先で彼が笑みを浮かべた。

「暁嵐さま」

「凛風……」

――そこで。

ふんっという鼻息が、ふたりの間を通り抜ける。驚いて黒翔を見ると、彼は不満そうにふたりを見ていた。

「黒翔、お前……」

暁嵐がじろりと黒翔を睨んだ。

「主人の邪魔をするとは、どういうつもりだ?」

暁嵐の言葉に、黒翔がヒヒンヒヒンといななないて暁嵐の身体を鼻でつつく。

「こら、やめろ。お前は……ったく。いつからそんな聞き分けのない赤子のような真似をするようになったのだ!」

そんなやり取りをするふたりがおかしくて、お腹から笑いが込み上げる。思わず噴き出しくすくす笑う。

「黒翔、ダメよ。暁嵐さまにそのようなことをしては」

　暁嵐が眩しそうに目を細めた。

「黒翔はすっかりお前に夢中のようだ。こいつは俺以外を乗せることはないが、お前なら喜んで乗せるだろう」

「黒翔に……乗る？」

「ああ、馬に乗ったことは？」

　意外な問いかけに、凛風は首を横に振った。

「いいえ……世話をしていましたが、乗ったことはありません」

「普通、馬に乗るのは男性だ。女性は馬が引く籠に乗ることが多い。

「黒翔はこの国で一番の走り手だ。乗ると自分が風になったように思えるぞ」

「風に……」

　凛風の頭に、草原を走る漆黒の馬の姿が浮かぶ。どんなに美しいだろうと、胸が痛いくらいに高鳴った。

「すごい……」

　黒翔に乗り草原を走れるなら、どんなに幸せだろう。きっと、夢のような心地がするに違いない。

ドキドキと高鳴る胸の鼓動を聞きながら黒翔に視線を送ると、綺麗な瞳がこちらを見つめていた。

その目が、暁嵐の言葉を肯定しているように思えて、凛風の胸は嬉しい気持ちでいっぱいになる。

この美しい駿馬が、自分を乗せてもいいと思ってくれているなんて……！

「乗りたいか？」

「はい、乗ってみたいです！　……あ」

考えるより先に素直な思いが口から出る。そのことに驚いて、凛風は慌てて口を押さえた。

「あ……いえ」

こんな風に、自分の希望を口にするなんて、記憶にある限りはじめてだ。凛風にとってはいけないことだったから。重い使命を負った今はなおさらだというのに。

「へ、変なことを言って申し訳ありません」

なにに対して謝るのか自分でもわからないままに凛風がそう言うと、暁嵐が微笑み首を横に振った。

「謝る必要はない」

「でも……」

うつむく凛風の身体を暁嵐が抱き寄せ、凛風を見つめる。すぐ近くに感じる彼の温もりに凛風の鼓動が速くなっていく。

「そうやって、やりたいことを声に出し、言葉にしろ。そしたらいつか叶うだろう」

「いつか……？」

「ああ、俺が叶えてやる」

力強く彼は言う。

現実を見ればそれは間違いだ。凛風の願いは実現しない。それでも彼が言うと本当にそうなるかもしれないと思えるから不思議だった。

「もう一度言ってくれ、凛風。お前の願いを、俺はもう一度聞きたい」

彼の命を狙う身で、彼になにかを願うなど分不相応であり間違ったことだ。もうこれ以上言うべきではない。

——それでも。

声に出したいと、凛風は思う。たとえ叶わなくとも今この時にこの願いが凛風の胸に存在するのはまぎれもない事実なのだから。

すぐそばで自分を見つめる強い視線に導かれるような気持ちで、凛風はもう一度、自分の思いを口にした。

「暁嵐さま。私、黒翔に乗せてもらいたいです。風になってみたい」

痛いほど胸が鳴るのを聞きながら凛風が言い終えたその刹那、暁嵐の瞳がわずかに揺れる。国の頂点に君臨する皇帝である彼が、凛風の言葉に心動かされることなどないはずなのに。

彼の手が凛風の頬を包み込み、親指が瞼に優しく触れる。

「お前の目は、宝玉のようだ。いや、どんな宝玉よりも美しい」

そして次に唇を辿る。願いを口にした凛風を、よく言えたと褒めるように。

「暁嵐さま」

――もう一度。

唇に触れる彼の指の感触が、なにかを求めているように思えて、凛風の背中を甘い痺れが駆け抜ける。身体が熱くなってゆく。

彼の視線がゆっくりと下りて、互いの吐息がかかるところで一旦止まる。

「先日お前が俺に聞いたことを、自分の頭で考えたか？　……なぜ俺がお前にこうするのか」

低くて甘い囁きに、凛風の胸がじんと痺れる。

その刹那、優しく唇を奪われた。

唇に触れる柔らかな感触に、凛風の身体を強い衝撃が駆け抜けて、心の奥底にある本当の願いが目を覚ます。

凛風の心と身体は、ただ彼を求めている。今この時だけでなく将来にわたってずっと、彼のそばに在りたいと願っている。

「あ、暁嵐さま。見られて……」

わずかに離れた唇で、凛風は掠れた声を出す。頭が熱くて自分を保てなくなりそうだ。力の入らない両手を彼の胸にあてる。

「問題ない、黒翔の陰になっている」

低い声で暁嵐が囁き、もう一度深く口づける。

目を閉じると、温かなものが凛風の胸の中に広がっていく。それはおそらく今の自分には無縁のもの。遠い記憶の中にしかない、幸せな思いだ。

自分を包む腕の力強さと、自分に向けられる彼の想いを目のあたりにして、凛風は自分の中のなにかが変わろうとしているのをはっきりと感じていた。

女官に付き添われて後宮へ戻っていく凛風の後ろ姿を見送って、自身も政務へ戻ろうと振り返ると、従者とともに秀宇がいた。

その姿に暁嵐は眉を寄せる。

彼との間のわだかまりはなくなったが、凛風と一緒にいるところを見られていたのは気まずかった。

口づけを交わした場面は見られていなくとも、厩で馬の身体の陰で妃と話をしていたのだ。なにをしていたか、だいたいの想像はつくだろう。

「いつからいたのだ？」

来ているならば、合図せよという嫌みを込めて問いかける。

側近である彼は、暁嵐からの指示のみで動く。他の役人のように決められた役割はないから、神出鬼没なのだ。いつでも必要な時に話しかけてよいことになっているが、妃との逢瀬を覗いていいとは言っていない。

嫌みを言われていることに気がついているはずなのに、彼は普段と変わらぬ様子で答えた。

「暁嵐さまが厩にて凛風妃さまに話しかけられた時より、この場から見ておりました」

しれっとそんなことを言う秀宇に、暁嵐はため息をついた。

「お前、やっぱり悪趣味だな」

言いながら合図を送ると、秀宇以外の従者は離れていった。

「これは大切なことにございますから。暁嵐さまは、凛風妃さまがこちらに寝返ると確信しておられるようですが、それで大丈夫とも限りません」

平然とそんなことを言う彼を、暁嵐はじろりと睨み歩き出す。

黄玉の間へ行く前に清和殿に寄ることにする。結界の中に入り、振り返った。

「俺の言うことが信用できないのだな？」

「そうではございません。ですがこう言ってはなんですが、暁嵐さまは男女のことにお詳しいとは言い難い。きちんとこの目で確認しておきたかったのでございます」

ではその目で確認してどうだったのか？と聞く気にもなれず沈黙する暁嵐に、秀宇は訳知り顔で納得したように言葉を続けた。

「確かに凛風妃さまは、暁嵐さまを心よりお慕いされているご様子でした。自らの秘密を打ち明けるのも時間の問題でございましょう。ですが、暁嵐さま、あれはいかがなものかと存じます」

秀宇が渋い表情になった。

「なにがだ？」

「逢瀬が厩というのはどうでしょう？　男女が会う場所としては、今ひとつ艶っぽさに欠けます。いいですか？　暁嵐さま。黒翔が暁嵐さまの大切な馬なのはわかりますが、自身が好きなものを女子に押し付けてはいけません。まずは相手の好きなものを知り、こちらから歩み寄るようにしませんと。女子の心を掴みたいのであれば、東屋で甘い菓子と茶を用意するか、宝玉を贈るために商人に会わせるか……」

つい先日まで凛風を敵対視して追及せよと言っていたのも忘れて、くどくどと説教する秀宇を、暁嵐はじろりと睨む。

「黒翔と凛風を会わせたのは、彼女の希望だ。彼女は馬が好きなのだ。菓子はともかく宝玉は喜ばぬだろう」

朴念仁《ぼくねんじん》のように言われたのが癪で言い返すと、秀宇が信じられないというように眉を寄せる。

「馬が好き……？　宝玉を喜ばない……？」

「用がそれだけなら俺は政務に戻る」

「いえ、それだけではございません。ご報告があります」

ならばくだらないことを言わずに早く言えと言いそうになるのをこらえて、暁嵐は頷いて続きを促した。

「凛風妃さまが皇太后に従う理由については引き続き探っておりますが、その中で気になる動きが。二日前に郭家の邸から出た馬車が、皇太后さまのご実家に入ったのを確認しました」

「馬車が？　郭家から誰かが皇太后の実家を訪れたということか」

「はい。しかも戻った形跡がありませんから、まだ滞在している模様」

「なるほど……」

暁嵐は頷いた。

「凛風妃さまは、郭凱雲から刺客として使命を果たせと言い含められているのでしょな、子は親に従うものだから……という理由では少し無理があるような。なにしろ郭凱雲は、娘が後妻からひどい仕打ちを受けているのを知っていながら、かばうことは一度もなかったそうですから。父と娘というよりは、主人と召し使い……ならまだいい方で、下僕のようだったと言う者もいたくらいです」

「やはりなにかを盾に脅されている……か」

暁嵐は黙り込み考えを巡らせた。

自分の希望を口にすることにすら罪悪感を抱く凛風。

黒翔の脚を心配する心優しい娘が、いったいなにを盾にされれば、皇帝の暗殺などという使命を果たそうとするのだろう？

これまでの彼女の言動を思い出していた暁嵐は、あることに思いあたり口を開いた。

「彼女には、確か弟がいるな？　彼を盾にされているのではないだろうか？」

暁嵐の意見に、秀宇が首を傾げた。

「弟……にございますか？　確かに凛風妃には同じ母親から生まれた弟がおりますが、後継ぎとして後妻に養育され、もう何年も口をきいていないという話でした」

「だが、大切に思っているのは確かだ。弟に文を書くため字を習いたいと願っていたくらいだから」

「字を習って……」

呟いて秀宇がなにかを思い出したような表情になる。

「そういえば、従者がここのところ頻繁に、暁嵐さまが筆と紙、小さな子が読むような絵付きの書物を所望されると言っていたような……」

ぶつぶつ言ってこちらをちらりと見る。暁嵐は咳払いをして目を逸らした。

「とにかく弟の件を確認せよ。それから皇太后の実家に滞在しているのが何者かも含めて引き続き調べるように。俺は政務に戻る」

少し強引に話を終わらせると、秀宇は「御意」と答えて下がっていった。

外廊下の手すりに手をつき、暁嵐はため息をつく。

秀宇と和解したのはよかったが、暁嵐を幼い頃から知っている分、やや遠慮なくものを言う。普段はそれでもかまわないのだが、凛風のことに関してはやはりやりにくくて仕方がない。

だが諜報活動に関してはこの国一信頼できるのは確かだから、彼が凛風を救う方向で動いてくれるのはありがたかった。

――あと少しだ。

暁嵐は先ほどの凛風を思い出す。自分の望みを口にした時の凛風は、この世で一番美しかった。

桃色に染まる頬と、希望の色に輝く瞳。

心が大きく揺さぶられ、不覚にも涙が出そうになったほどだ。

彼女の心が光の差す方へ向きはじめているのは確かだ。

自分のしたいことや叶えたい思いを口にするのは謝るべきことではなく、自然なことなのだと彼女が本心から理解すれば、暁嵐との道を選ぶ勇気が出るだろう。

彼女の心が決まるまであと少し……。

はじめて交わした口づけが、暁嵐の想いを加速させる。絶対に失うわけにはいかないと強く思う。もはやこの国の将来は彼女の選択にかかっていると思うくらいだ。

だが、あまり時間がないのも確かだった。

暁嵐が凛風と閨をともにしないまま、いたずらに時間が過ぎているのを皇太后が黙って見ているはずがない。近いうちに次の一手を仕掛けてくるだろう。その際、凛風に接触するかもしれない。

どうしてもそれまでに凛風の気持ちを手に入れなければ。

清和殿と外廊下で繋がる後宮の建物を睨み、暁嵐は考えを巡らせていた。

「この〝我〟という字が、自分という意味だ。〝食〟が食べる。書を読むだけなら、ひとつひとつの字を正しく書ける必要はない。まずは……」

机の隣に座る暁嵐が、凛風の前に広げられた教本を指差し説明する。夜の寝所での手習いである。

自分が教えるのだから、簡単な書物くらいすぐに読めるようになると言った通り、彼の教え方は上手だった。

読みたい書を広げながら、それに沿って進めるので飽きることなく頭に入る。

けれど今宵はさっぱりだった。

「ここを自分で読んでみろ」

そう言われて、凛風は彼の手元を見る。

「えーっと」

けれど、さっき教えてもらったばかりの字なのに、頭に浮かんでこなかった。

「その……」

言葉に詰まり、気まずい思いで彼を見る。

きちんと聞いていたのかと叱られるのを覚悟するけれど、凛風の予想に反して、彼はどこか楽しげな笑みを浮かべていた。

「どうやら今宵は、身が入らないようだな」

ずばりその通りのことを口にする彼に、凛風は「申し訳ありません……」と眉を下げた。

原因はもちろん、昼間の厩での口づけだ。

あの後、後宮へ戻ってからも、彼の唇の感触と熱い視線が頭から離れず、心はずっとふわふわしたままだった。そしてそれは今も続いている。

「どうした？　なにか気になることでもあったか？」

そう尋ねる彼は、からかうような目で凛風を見ている。

凛風の気持ちなどお見通しで、その上であえて聞いているのだということに気がついて、凛風の頬は燃えるように熱くなった。

昼間のことをずっと考えていたのだということもバレてしまっているような気がして恥ずかしくてたまらない。

「もう……わかっているのではないですか？」

頬を膨らませてそう言うと、彼はくっくと笑い凛風の頭をぽんぽんと叩いた。

楽しげな様子がなんだか少し悔しかった。

凛風と違って、彼がこんなにも余裕なのは、きっと彼にとっては口づけくらいなんでもないことだからだろう。

彼はこの国の皇子として育ったのだ。今はまだ凛風以外の妃を閨に呼んでいないとはいえ、このくらい……。

とそこまで考えて、凛風の頭にある疑問が浮かんだ。

どうして彼は、妃を閨に呼ばないのだろう？

はじめてここへ来た時は気が動転していて聞き流してしまったけれど、皇帝の行動としては不自然だ。

「あの、暁嵐さま。……お尋ねしてもよろしいですか？」

問いかけると、暁嵐が頷いた。

「どうして暁嵐さまは、他のお妃さまを閨にお呼びにならないのですか？」

暁嵐が眉を上げる。その彼に、凛風はさらに問いかける。

「皆暁嵐さまのために後宮入りされましたのに、そのお妃さまを避けられるのはどうし……!?」

とそこで、暁嵐が突然立ち上がり凛風を抱き上げた。

「きゃっ……！　暁嵐さま!?」

目を白黒させ彼にしがみつく凛風を抱いたまま、部屋を横切り寝台へと歩いていく。

そこへ優しく凛風を下ろし、両脇に手をつき不気味なくらいにっこりと笑った。

「俺はどうやら後宮長を罷免しなくてはならないようだ。まったく仕事ができていない」

「え!?　……後宮長さまを？」

彼が口にしたまったく予想外の言葉に凛風は目を丸くする。凛風の疑問と後宮長の役割がどう繋がるのかさっぱりわからなかった。

「どういうことですか？」

驚きながら首を傾げると、暁嵐がやや大げさにため息をついた。

「閨に上がる妃の教育は後宮長の役割だ。それなのにお前は、皇帝の寝所にいるというのに他の妃の話を……。しかもまるで自分ではなく他の妃を呼んでほしいというような口ぶりだ」

「え⁉　そ、そういうわけでは……」

確かに、凜風が寝所にて伽をする本物の妃ならば、やや失礼な発言かもしれない。皇帝に他の妃を呼ばせて、自分は伽を逃れようとしているようにも取れる。

「そういう意味ではなくて……その」

本気で後宮長を罰するつもりなどまったくなさそうな彼に向かって、凜風は言い訳をする。

「そうではなくてただの疑問です。それにこれは私だけではなくて後宮でも皆が疑問に思っていることです。家臣の皆さまにもあれこれ言われるのでしょう？　それをわざわざ私を寵愛するふりをしてまで……ん！」

唐突に唇を彼の唇で塞《ふさ》がれてしまう。

そしてはじまった口づけは、昼間よりも熱くて激しかった。あっという間に凜風の疑問は思考の彼方へ吹き飛んで、頭の中が彼への想いでいっぱいになっていく。

どうしてこうなったのか、自分はなにを疑問に思っていたのか、それすらわからなくなるくらいだった。

ぼんやりとする視線の先で、暁嵐の唇が囁いた。

「凛風、これは寵愛するふりか？」

自分を見つめる彼の瞳の奥に赤いなにかがちらついているのを見た気がして、凛風の背中がぞくりとする。胸がドキドキと痛いくらいに高鳴った。

少し前から感じていた、まさかという思いがゆっくりと確信に変わろうとしている。けれどそれを知るのは怖かった。

彼の想いを知ってしまったその先、自分の気持ちがどうなってしまうのか、わからなくて怖かった。

「暁嵐さま……」

答えられない凛風を暁嵐はしばらくじっと見つめていたが、やがて息を吐いて目を閉じる。もう一度開いた時には、いつもの優しい眼差しに戻っていた。

「この後もしっかり考えろ」

凛風の頭を優しく撫でて、隣にごろんと横になる。自分の腕を枕にして天井を見つめて口を開いた。

「俺が後宮の妃を閨に呼ばないのは、もともと妃はひとりだけにすると決めているからだ」

先ほどの凛風の疑問に対する答えだろう。だがその内容は、凛風にとっては突拍子もないことに思えた。

皇帝の妃がひとりだなんて聞いたことがない。教養も知識もない凛風だが、そのくらいは知っている。

後宮長からは、閨に上がるのが自分だけなどと欲深いことを考えぬようにときつく言われた。古来より後宮では、たった一度皇帝の手がついただけで生涯を終える妃も珍しくないという話だ。

戸惑う凛風をちらりと見て、暁嵐は言葉を続けた。

「俺の母上は、もともと後宮女官だったんだが、前帝の目に留まり妃の身分に召し上げられた」

その話は、凛風も父から聞いたことがあった。

「ほどなくして子ができたのだから普通なら幸運だったと言えるだろうが、母上にとってはそうではなかった。本当は将来を言い交わした相手がいたようだ」

「将来を言い交わした相手が……」

凛風の胸は痛んだ。

皇帝の目に留まったなら妃になるのは避けられない。将来を言い交わした相手がいながら他の男性の妃になるしかなかったというのは、どれほどつらいことだろう。男性を愛おしく思う気持ちを知った今の凛風にはよくわかる。

「しかも女官の出ということで後宮での立場は弱く、原因不明の死を遂げるまで他の妃たちにいじめ抜かれていた。俺は母上の笑っている顔を覚えていない」

あまりにひどい話の内容に、凛風は言葉を失った。彼ははっきり言わないけれど、凛風の頭には皇太后の蛇のような目が浮かんでいた。

原因不明の死と彼は言うけれど……。

暁嵐が長いため息をついて、凛風を見た。

「皇帝に複数の妃がいれば、いらぬ争いを生みつらい思いをする者が出る。だから俺は、同じことを自分の代で繰り返さないと決めている。信頼できる者ひとりだけを妃とし、大切に愛しむ」

凛風を見つめて、強く言い切る彼に、凛風は心が震えるのを感じていた。

皇帝に妃がひとりきりなど本当なら周りが許すはずがない。でも彼ならば自らの意思を貫くだろうと確信する。

はじめてここに来た夜の彼の言葉を思い出し、凛風は口を開く。

「暁嵐さまが己の心のままに生きられる世を作りたいとおっしゃったのはお母さまのことがあったからですね」

「そうだ。必ず実現してみせる。……そしてその時は、信頼できる妃に隣にいてほしいと思っている」

――そばにいたいと強く思う。

己の心のままに生きられる世。

はじめて耳にした時は、それが人にとってよい世なのかどうかすらわからなかった。

けれど今の凛風にははっきりとわかる。

自分の望みを口にできた時の高揚感と幸せな思いが胸に広がる。

そういう世を凛風は望んでいる。

彼ならば、実現できるだろう。そしてその時は自分がそばにいたいと思う。

もちろんそれは実現することのない望みだけれど……。

目を伏せると抱き寄せられ、暁嵐の腕の中にすっぽりと包まれる。

「暁嵐さま」

驚く凛風の耳に温かい声が囁いた。

「凛風、すべて俺の腕の中で考えるんだ。そうすれば、お前にとってよい答えに辿り着く」

自分にとってよい答え……。

心の中で呟いて、重なるふたりの胸の鼓動を聞きながら、凛風はゆっくりと目を閉じた。

「痛っ」

昼下がりの自室にて、衣装に腕を通した途端にちくっと鋭い痛みを感じて、凛風は声をあげる。手伝いをしていた女官が、焦ったように凛風を見た。

「凛風妃さま、いかがなさいました？」

「なんでもないわ。少し腕をひねっただけ」

そう言って凛風は、さりげなく自分の腕を刺したと思しき針を抜いた。なんでもなくはないが、騒ぎ立てれば彼女が罰を受けることになるからだ。

彼女は、以前露天の湯殿の使用を勧めてくれた凛風付きの女官で、後宮では味方のいない凛風に親切にしてくれている唯一の存在だ。罰を受けるのは可哀想だ。

そもそも妃用の衣装に針が残っているなど、本来はありえない。しかも今凛風が身につけているのは、普段着ではなく皇帝の御前にて舞を披露するためのものなのだ。仕立ててから後宮内に運ばれてくるまでに、何度も確認されている。

それなのに、針が残っているということは、後宮内に針を仕込んだ者がいるというわけだ。言うまでもなく、後宮でただひとり寵愛を受ける凛風を妬んだ妃のうちの誰かだろう。

二の妃の取り巻きたちの凛風への嫌がらせは、日に日にひどくなる一方だった。一の妃の目を気にしてか、以前のような乱暴で直接的なものはなくなったが、代わりにより陰湿なものになっていった。物がなくなったりダメにされたり、聞こえるように陰口を言われたりはしょっちゅうだ。

最下位だと馬鹿にされて、もともとのけ者だったのに急に寵愛を受けることになってしまったのだから、無理もない話だ。

暁嵐からは、後宮でなにかあればすぐに言うようにと言われている。母親が後宮で嫌がらせを受けていたのを見て育った彼には、なんでもお見通しというわけだ。

でも凛風はいちいち報告していない。そこまでではないと思っているからだ。後宮での無視も嫌がらせも実家にいた頃と比べればすべて些細なこと。あの棘のある枝で叩かれる痛みに比べれば、針が刺さった痛みなど蚊に刺されたようなものだ。

それに今の凛風は、それどころではないのだ。

あの厩での口づけから三日。

相変わらず、凛風は毎夜暁嵐の寝所に召されている。彼から字を教わり、美しい絵が描かれた書物を読む。暁嵐が寝台の中で少し先を読んでくれることもあった。

そこまではそれまでと変わらないのだけれど……。

凛風は指で唇をつっと辿る。寝所での彼を思い出して少し甘い息を吐いた。

はじめて口づけを交わし、彼の母の話を聞いたあの日からふたりの関係は少し変わった。暁嵐は毎夜凛風に口づけをし、寝台で眠る時は、凛風を引き寄せ腕に抱く。彼の香りに包まれて彼の体温を感じると凛風の胸はドキドキと鳴って落ち着かず、寝るどころの話ではない。このところ凛風は少々寝不足気味というわけだ。

昼間はあくびばかりしている。

今も、今夜大広間にて開かれる皇帝主催の宴に向けて衣装を身につけている最中だというのに、ふぁとあくびが漏れてしまっているありさまだ。

「凛風さま。ここのところお疲れのご様子ですね。陛下の毎夜のお召しでは仕方がないですが」

女官がにこやかに笑ってそう言った。

「あ……いえ」

『毎夜のお召し』という言葉に、凛風は頬を染める。彼女がどういう意味で言ったのかを理解したからだ。

「そうではなくて……」

慌てて凛風は首を横に振る。凛風の寝不足の理由は彼女が想像しているものではない。でも彼女は納得しなかった。

「あら、凛風妃さま。恥ずかしいことではありませんよ。むしろ後宮においては、よいことにございます。それだけご寵愛が深い証になりますから。先の皇帝陛下の後宮では、陛下のお召しの翌日はわざと疲れた様子を見せるお妃さまもいらっしゃったという話です」

凛風は彼女の話に面食らう。

普段はあまり口数の多くない彼女が、あからさまな言葉を使ったことに驚いたのだ。

「そうなんですね……」

話の内容を聞いているだけでも頬が熱くなるのを感じて凛風はうつむく。すると彼女は凛風を覗き込み、少し心配そうに眉を寄せた。

「ですが、顔色がよろしくないような……一度医師さまに診ていただきましょう」

大げさなことを言う女官に、凛風は慌てて声をあげた。

「医師さま!?　いいえ、私は大丈夫です」

「ですが、ご寵愛を受けておられるお妃さまのお身体の変化は、しっかりと把握しておくようにと後宮長さまから言われておりますし……」

『身体の変化』という言葉に、凛風はまたもやどきりとする。つまり彼女は、凛風の疲れを懐妊の兆しではないかと、思っているのだ。

「そうではないの。私……。寝所に召されてはいるけれど、その……まだ……」

閨をともにしていないとそれとなく告げる。ただの寝不足を大事にしてほしくないという一心だった。今この状況で凛風が医師の診察を受ければ、あらぬ憶測を呼び大騒ぎになってしまう。

女官が「まぁ」と言って目を見開いた。

「……そうなんですか」

「な、内密にお願いします……」

暁嵐との閨事情など本当は誰にも知られたくないが、きちんと話しておかないと今すぐにでも医師を呼ばれてしまう。

「だからこれは本当にただの寝不足です」

女官が物分かりよく頷いた。

「わかりました。ですが意外な話ですわね。陛下はあのような男ぶりの方ですし、毎夜凛風さまをお召しになられているほどのご寵愛の深さですのに……」

「わ、私が至らないから……」

曖昧《あいまい》に答えると、女官は優しく微笑んだ。

「きっと凛風妃さまを大切に思っておられるのでしょう。でも今宵の凛風妃さまの舞をご覧になられたら、もう先にお進みにならずにはいられないと思いますよ」

そう言って、凛風の衣装の紐をキュッと締めた。

「舞なんて、私、自信がありません」

凛風は眉尻を下げた。

今夜の宴で凛風は皇帝と妃たち、主だった家臣たちの前で舞を披露することになっている。なんでも皇帝主催の宴では恒例のことなのだという。

宴で舞を披露できるのは、皇帝の寵愛を受けている妃のみ。だからこれは後宮の妃にとって、自らの優位を他の妃に見せつける絶好の機会なのだという。

古来から妃たちは、この日のために幼少期から舞を習い、当日は最上級の衣装を身に纏う。

けれどそのようなことに興味がない凛風にとっては、ただただ人前に立つということに恐れを感じるだけだった。

舞などまったく習ったことない凛風は、宴が開かれると決まってから急ぎ習っている。決していい出来でないのが自分でもわかるから、なおさら憂鬱だった。

暁嵐からは気が進まないなら、舞はやらなくていい、なんなら出席しなくていいと言われたが、後宮長に反対されて断念した。

『陛下のお言葉に甘えて、そのような情けないことをおっしゃるものではありません。ご寵姫さまが出席なさらないなど聞いたことがありませんわ。陛下のご威光に傷がつきます』

暁嵐に恥をかかせることになると言われては、わがままを言うわけにいかない。仕方なく凛風は舞の準備をしているというわけである。

「ですが本当なら、今宵舞を披露するのは凛風妃さまだけのはずですのに、他のお妃さままで舞われるのは口惜しいですわね」

女官が悔しそうに言う。

本来なら、舞を舞うのは一度でも寵愛を受けた妃だけなのだが、今夜は凛風の他に一の妃と二の妃も舞を披露することになっている。

凛風だけでは少し華やかさに欠けるからというのが公の理由だが、ここは後宮、裏の思惑がないわけがない。暁嵐が、最下位の妃だけを寵愛しているという状況を面白く思わない者たちの差し金だ。

暁嵐が、舞を舞う美しい妃に目を留めて、凛風以外の妃を寵愛することを期待しているのだろう。

そのことに想いを馳《は》せて、凛風の胸がキリリと締め付けられた。

暁嵐が自分ではない他の妃を寝所に呼ぶなど、想像するだけで胸が焼けるような心地がする。妃はひとりだけと決めていると聞いていても、収まらなかった。おそらくこれが嫉妬という感情なのだろう。

――そんなこと考える資格、私にはないのに……。

「凛風妃さま、ご心配なさらなくても大丈夫です。陛下は凛風妃に夢中でいらっしゃるのですから」

　女官が凛風を勇気づけるようにそう言って、服の中から甘い香りがする貝殻を取り出した。

「もしご不安なら、夜のお召しの際、この香料を耳の後ろにおつけになって、陛下のもとへお上りなさいませ」

「香料？」

「男性のお心を夢中にすると言われている香料にございます。凛風妃さまがこれをおつけになればきっと……」

　意味深に言って女官はにっこりと笑う。

　つまりは香料を使えば、暁嵐とより深い仲になれるかもしれないと彼女は言っているのだ。

「お身体に障るものではありません。歴代のお妃さま方が使われてきたものにございますから」

「……わ、私は結構です」

　凛風は手を振り、受け取らなかった。凛風を心配してくれる彼女の心遣いはありがたいが、凛風は暁嵐と深い仲になることを望んでいない。それはすなわち、ふたりの終わりを意味するからだ。

「そのような高価なものをつけるなど、私には分不相応で……」

すると女官は凜風の手を取って貝殻を握らせた。

「まぁそうおっしゃらずに。一度試してごらんなさい」

冷たい手と、ざらりとした貝殻の感触、少し強引な彼女の行動に、凜風は得体のしれない違和感を覚え、どきりとして彼女を見る。一点の曇りもないその笑みに、どうしてか胸が騒ぐのを感じながら、とりあえず香料を受け取った。


皇帝主催の宴は後宮の大広間で執り行われた。謁見の時とは打って変わって、華やかな飾りが施されている空間に、天井から下がるたくさんの灯籠《とうろう》が橙色《だいだい》の光を放ち、まるで昼間のような明るさだ。

緩やかな音楽が流れる中、皆の笑い声があちらこちらから聞こえてくる。目の前には国の各地から集められたご馳走が並んでいた。

玉座の正面、部屋の中央には舞台が設けられ、妃たちの舞がよく見えるようになっている。

凜風の席は、いつもの末席ではなく、皇帝に一番近い場所だった。暁嵐の目が届かない後宮内では、女官長を含めて凜風への扱いはひどいもの。だがさすがに暁嵐の前では一番の寵姫として扱う必要があるのだろう。

はじめて見る光景に、凛風は居心地の悪い思いで視線を彷徨わせていた。

妃同士の茶会にも呼ばれたことがない凛風にとっては、華やかな場ははじめてだ。このような場で下手な舞を披露すると考えるだけで、緊張でどうにかなってしまいそうだった。

凛風は玉座の暁嵐を見る。

彼が皇帝としての正装でいるところを見るのははじめてだ。朝の謁見の際も寝所に召されるまで凛風は顔を上げなかったし、寝所に召されるようになってからは、欠席していたからだ。

公式な場所で玉座に座る暁嵐は、皇帝の風格を漂わせ、誰も寄せ付けない空気を纏っている。夜に凛風に手習いをしてくれる彼とは別人のようだった。

その彼が唯一、寝所にと望む妃が自分だけだなんて、後宮中の妃たち、いや宮廷のすべての者がおかしいと思うのも無理はない。

視線を送る凛風に暁嵐が気がつき、口元に笑みを浮かべる。控えている女官を呼びなにかを囁くと女官は心得たように頷いて、凛風のところへやってきた。

「凛風妃さま、気が進まないなら無理をしないようにと、陛下よりのご伝言です」

「陛下が？」

女官の言葉に凛風が彼を見ると、暁嵐が心配そうに見ていた。このような場に慣れていない凛風を心配してくれているのだ。

「大丈夫です、とお伝えください」

凛風が女官に囁いた時、その場に歓声があがる。

妃による舞がはじまるのだ。

楽師たちが奏でていた音楽が一旦止まると、まずは一の妃が舞台に上がった。舞の順は、一の妃、二の妃、最後に凛風と決まっている。

一の妃は紫色に金色の刺繍《ししゅう》が施された美しい衣装を身につけている。まるで天女の衣のようなその衣装からは腕や肩が見えていた。灯籠の光の中で真っ白な肌が艶めいている。

普段より露出が激しい衣装を身につけているのは、皇帝の目を意識しているからだろう。ゆったりとした音楽に合わせて、一の妃が舞いはじめる。付け焼き刃でしかない凛風の舞など足元に及ばないほど洗練された舞だった。

「素敵ねぇ」

同じ妃たちの間からもため息が漏れた。

「ご寵姫さまが舞を披露するのは後宮の伝統行事ですもの。きっと小さな頃から習っておられたのよ」

一の妃の舞が終わると、今度は二の妃が舞台に上がる。彼女もまた肌が見える衣装を身につけていた。妃の中でもひときわ妖艶な身体つきの彼女には、女性である凛風でもドキドキするくらいだ。

彼女の舞は、一の妃の洗練されたものとは違い、どこか俗物的な魅惑的な動きをふんだんに取り入れたものだった。軽快な音楽に合わせて腰をくねらせる彼女に、またもや妃たちからため息が漏れる。

「さすがだわ」

「見た目では二のお妃さまには絶対に勝てないわね」

ふたりの妃の素晴らしい舞を目のあたりにして、凛風の心はこれ以上ないくらい沈んでいく。刺客である自分は、彼女たちに嫉妬する資格はないと思ったけれど、そのような使命を負っていなくとも比べものにならないと思う。

「凛風妃さま、ご準備くださいませ」

女官からの囁きに、凛風は浮かない気持ちのまま立ち上がった。

二の妃の舞が終わり、凛風が舞台に上がると、広間は異様な空気に包まれた。

凛風が身につけているのは、先ほどの妃たちのような肌が見えるものではなく、傷痕を隠せるよう手首まで覆われた袖の長いものだ。暁嵐が用意してくれた上質なものには違いないが、他の妃たちからは見劣りするのは間違いない。ましてや肉付きのよくない凛風が着ているのだからなおさらだ。

「ずいぶん不思議な衣装だこと」

「仕方がないわよ、あの身体じゃ」

笑い声と侮辱的な言葉、凜風に注がれる侮蔑の色を帯びた視線。

仮にも皇帝の御前だというのにお構いなしなのは、古来から後宮がそのような場だからだ。

歴代皇帝たちは、妃同士の鞘《さや》のあて合いには無関心。寵愛する妃がどれほどひどくいじめられても、決して助けることはなかったのだという。

緊張で右も左もわからない中、まだ心の準備ができていないというのに音楽が鳴りはじめる。凜風は慌てて、習った通りに身体を動かした。

先ほどの妃たちとは、比べものにならないほど拙《つたな》い動きに、くすくすという笑い声が大きくなりはじめた。

「やだ、あれなに？」

「仮にも寵愛を受けている妃が。恥ずかしくないの？」

あからさまに凜風を馬鹿にしはじめた彼女たちの言葉が、凜風の胸を刺した。

自分が馬鹿にされるのはかまわない。そんなことで今さら傷ついたりはしない。

でも今は、暁嵐の顔に泥を塗らないか心配だった。寵愛する妃がこのような不恰好な妃では、彼の威厳に傷がつく。

とにかく早く終わりたい。

そう願いながら、凛風がくるりと回った時、ツンと袖がひっぱられるような感じがする。途端に衣装の肩のあたりからピリッと裂けて、袖が外れてしまった。

凛風は驚いて振り返る。床までつく長い袖だからなにかに引っかかったのだろうかと見回したが、それらしいものはなかった。

最前列の妃ふたりが顔を見合わせてくすくすと笑っている。彼女たちのどちらが袖を踏んだのだろう。

とっさに凛風は露わになった肩をもう一方の手で覆う。

くすくすという笑い声がいっそう大きくなった。

「はじめて見たけど本当に汚いのね」

「あれじゃ隠したくもなるわ」

傷だらけの肩を皆の眼前に晒してしまっていることが申し訳なかった。舞が粗末だというだけでも暁嵐に恥をかかせてしまっている。それなのに醜い肌を晒してしまうなんて。

舞どころではなくなった凛風が立ち尽くしていると、突然音楽がやむ。

不思議に思って楽師たちの方を見ると、彼らは皆手を止め目を見開いている。意識はあれど身体を動かせないようだ。

尋常ではない状況にハッとして玉座を見ると、暁嵐が楽師たちの方に手を向けている。その頭には、黒い角が現れていた。

彼の角が現れる時は鬼の力を使う時。つまりこの状況は彼の力によるものだ。

皆が固唾を呑み静まり返る中、暁嵐がゆっくりと立ち上がる。その表情には明らかに不快感が滲んでいた。

彼は皆を一瞥《いちべつ》し、手を振り下ろす。楽師たちの強張りが解けた。

だが誰も再び音楽を奏でようとしなかった。それどころかこの場にいる誰も口開くことができない。妃同士のやり取りには無関心なはずの皇帝の突然の行動に驚いているのだ。

暁嵐は玉座を下りコツコツと靴音を響かせて舞台の上へやってきた。そして自らが身につけていた外衣を脱ぎ、凛風を包み抱き上げた。

皆が目を剥く中、彼は凛風の袖を踏んだと思しき妃に視線を送る。彼女の長い袖の裾にぼうっと赤い炎が上がった。

「ひいっ！」

妃が声にならない悲鳴をあげる。炎に焼かれることを恐れ彼女の目は恐怖の色に染まるが、火は彼女の肌を焼く前に消えた。

暁嵐が怒気をはらむ低い声で問いかけた。

「凜風の衣装は私が贈ったもの。寵姫の美しい肌を誰にも見せたくないゆえ袖の長いものを選んだのだ。その私の心を、そなたは踏みにじるのだな？」

「わ……わざとでは……」

あわあわと言い訳する彼女を無視して、暁嵐は、凜風を嘲笑っていた皆をぐるりと見回した。

「私の意向に逆らい、彼女の肌を目にした者にも、すべからく罰を与えなければならぬ」

彼の目尻が赤く光り、どこかから「ひっ！」という引きつれたような声があがった。

この場にいた者皆が、凜風の肩を見たのだ。罰を与えると言うなら、妃と家臣皆が残らず罰を受けることになる。

怒りを露わにする彼に、凜風も言葉を失い彼を見つめる。

「へ、陛下……お静まりくださいませ……！」

年嵩の家臣が意を決した様子で進み出て、彼を諫《いさ》めようと試みる。

「これは、事故にござ……」

「痴《し》れ者！　私がこの目で見たものを否定するつもりか？」

一喝する鋭い声に空気がビリッと引き裂かれる。皇帝の激しい怒りを目のあたりにして家臣は頭を抱えてうずくまった。

「も、申し訳ありませぬ……」

「暁嵐さま」

凛風は彼の服を掴み呼びかける。

はじめて見る彼の姿が怖くないと言ったら嘘になる。でも彼が怒りを露わにしているのは、凛風のためなのだ。黙っているわけにいかなかった。

自分のことで家臣たちと対立してほしくない。

「私は大丈夫です」

思いを込めてそう言うと、彼は訝しむように凛風を見つめる。凛風の言葉が本心か考えているのだろう。

「暁嵐さま」

凛風がもう一度呼びかけると、暁嵐は息を吐いて目を閉じる。次に開いた時は目尻の赤と角は消えていた。

そして皆に向かって口を開く。

「私と凛風妃はこれにて退出する」

足早に舞台を下り、清和殿に向かって歩きだした。

私室へ入り背後で扉が閉まると、暁嵐は凛風を寝台へ下ろす。自分も隣に座りふーっと深いため息をついた。

いつになく、まいっている様子の彼に凛風の胸は傷んだ。

あれほど彼が怒りを露わにしたのは、おそらく母親のことを思い出したからだ。自分のせいで彼がつらい思いをしたのだと思うと申し訳なかった。

「暁嵐さま……」

呼びかけると、暁嵐の大きな手が凛風の頬を包んだ。

「怖がらせてすまなかった」

「私は大丈夫です。ただ……暁嵐さまは皇帝陛下なのに、私のために家臣の方々との間に溝ができないかと心配です。私が舞をうまく舞えなかったから……」

不安を口にする凛風に、暁嵐が吐き捨てた。

「そのようなことはどうでもよい。愛おしい女ひとり守れず、なにが皇帝だ」

凛風は目を見開いた。

意味深な言葉を口にされ毎夜口づけを交わしてはいたものの、はっきりと口にされたのははじめてだ。

その凛風の反応に暁嵐が眉を寄せる。

「なぜ驚く？　お前もわかっていたはずだ。俺のこの気持ちは」

「ですが……本当にそうだとは……」

「では今告げる。俺はお前が愛おしい。お前を傷つけるものは誰であっても許さない」

そう言って彼は、凛風の額に自らの額をくっつけて、至近距離から凛風を見つめた。

「凛風、俺の心はお前だけを求めている」

真っ直ぐな視線と強い想いに胸を貫かれ息が止まるような心地がした。凛風も彼とまったく同じ気持ちだ。

凛風の心は彼だけを求めている。

――けれどこの彼の愛に応えるわけにはいかないのだ。

凛風はいずれ彼を殺めなくてはならない立場で、ここにいること自体が彼への裏切り行為に他ならない。そうでなくても、皇帝である彼に、傷だらけで育ちのよくない自分は相応しくない。

彼の視線から逃れるように、凛風は目を伏せる。

「ですが私は……私は暁嵐さまに相応しくありません」

とりあえず、言える言葉を口にする。これだけでも、十分な理由になるだろう。

「そもそも身体に醜い傷跡がある妃など……」

「そのようなことを口にするな！」

鋭く遮られ驚いて口を閉じると、腕を引かれて抱きしめられる。戸惑う凛風の髪に唇を寄せ、暁嵐が囁いた。

「そのように言うのは、たとえお前自身であっても許さない。お前の傷を俺は醜いとは思わない」

「暁……嵐さま……？」

「なにがあったのか、俺からは聞かない。だが身体の傷は、お前が生き抜いてきた証だろう？　俺は傷痕のあるお前と出会い愛したのだ。俺はお前のすべてを美しいと思う。だから今宵、俺でない者たちがお前の身体を嘲笑うのが我慢ならなかったのだ」

思いがけない彼の言葉に、凛風は自分の耳を疑った。醜い傷痕をこんな風に言われたのははじめてだ。

寝室に下がる灯篭の橙色の光が滲み、あっという間に熱い涙が溢れ出る。漏れる嗚咽を止めることができなかった。

傷痕はどう考えても醜いのに。

それを彼は生き抜いた証だと言ってくれる。いない者として捨て置かれ、その存在を思い出される時は虐げられ過酷な使命を課せられてきた、自分ですら否定し続けてきた凛風という存在を、彼は肯定してくれたのだ。

いつもいつも彼は凛風にはじめての喜びを教えてくれる。過酷な生い立ちと残酷な使命に凍りついた凛風の心に、光をあててくれるのだ。

彼の背中に腕を回して彼の服に顔をうずめて声を殺して泣きながら、凛風は自分の運命を呪う。

どうしてよりによって彼なのだろう。こんな資格は自分にはない。

彼の腕にすがりつく、こんな資格などないのに……。

こんな風に言ってもらう資格などないのに……。

凛風の頭を暁嵐の手が何度も何度も優しく撫でる。濡れた頬にあてられた手に促されるように上を向くと、揺るぎない力を湛《たた》える彼の瞳が自分だけを映している。

「凛風、お前の心が欲しい。俺の皇后になってくれ」

「暁嵐さま……私は……」

——そのようなことを言ってもらう資格はない。私はあなたを殺めるためにここにいるのに。

言えない言葉を頭の中で繰り返しながら、凛風はふるふると首を振る。それが精一杯だった。

彼の愛を受け入れることはできないが、拒否の言葉を口にすることもできない。

苦しくてどうにかなっていまいそうだ。

暁嵐が、凛風を抱く腕に力を込め苦しげに顔を歪めた。

「凛風、俺に心を預けてくれ。俺の妃はこの世でただひとり、お前だけだ。たとえお前がなにものだとしても、これだけは変わらない」

──お前がなにものだとしても。

凛風の正体を知らないはずの彼の言葉が、凛風の心の一番奥に真っ直ぐに届く。

目の前に、新しい道が開けるのが見えたような気がした。

彼ならば、凛風の抱えているものを解決してくれるかもしれない。

凛風の裏切りを受け止めて、弟を救い出してくれるかも……。

民を思い、心のままに生きられる世を作りたいと言った彼ならば。

今すぐに見えたばかりのその道を歩む勇気は出ないけれど……。

「……本当に私がなにものでも、受け止めてくれますか？」

問いかけると、温かい暁嵐の手が頬の涙を拭った。

「ああ、約束する。お前がなにものでも俺の妃はお前だけだ」

「暁嵐さま……私……。だけど……！」

「大丈夫だ。俺はお前をいつまでも待つ。お前が俺に心を預けてくれるなら、お前の言葉だけを信じよう」

そして、唇を奪われる。

目を閉じて深く吐息を混ぜ合わせると、出口のない暗闇の中で終わりを待つだけの人生に、ひと筋の光が差し込んでいた。

きちんと考えようと凛風は思う。

今までは心凍らせて生きてきた。

そのようにしか生きられなかった。

それでも今、彼の愛にその心は溶けはじめている。きちんと自分の頭で考えて正しいと思う道を選ぶのだ。

自分の存在を認め、愛をくれた彼のために。

強い彼の愛を受け止めながら、凜風はそう決意した。

第五章　凛風の選択

昼下がりの大廊下は、妃たちの歓声で賑《にぎ》わっている。町から商人が来ているからだ。商品がずらりと並ぶ様子は、まるで市のようだった。後宮から出られない妃たちの月に一度の楽しみだ。

凛風も女官に誘われて大廊下にやってきた。途端にきゃあきゃあと騒いでいた妃たちが静かになる。だが、以前のようにヒソヒソとなにかを言われるわけではない。宴の夜に暁嵐が怒りを露わにしたことが尾を引いているのだ。あれ以来、嫌がらせや陰口はぴたりと収まった。

「凛風妃さま。お気に召したものがあれば、おっしゃってくださいまし」

隣の女官がにこやかに凛風に声をかける。色とりどりの布や、宝玉を見ながら凛風は首を横に振った。

「私、金子がありませんから」

「ご心配には及びません。後宮長さまからは凛風妃さまは好きにお買い物してくださって大丈夫とお伺いしております」

「でも……」

そんな会話をしながら廊下を進む凛風はあるものに目をとめる。籠に入れられた白い小鳥だ。

「……それは？　部屋で飼うのですか？」

誰ともなく尋ねると、そばに座っていた商人が答えた。

「部屋で飼ってもよろしいですし、逃がしてもよろしいですよ」

「逃がす……？」

少し不思議な答えに凛風が首を傾げると、今度は女官が説明する。

「善行を積むためにございます。よい行いをすれば、自分にもよいことがあるというではないですか。伝統的に後宮では陛下のお召しがあるようにと願うお妃さま方は競って鳥を空に放つのです」

籠の鳥を自由にしてやることで善行を積んだことになるとは、こじつけのような道楽みたいな話だ。まじないのようなものか。

そんなことを思いながら、白い鳥を見つめる凛風に商人が口を開いた。

「いかがです？　お妃さま。逃がさずともお部屋で飼っていただくだけでもよい行いをしたことになりますよ。なにしろこの鳥は、今日売れなければ、今夜の私の夕食になるのですから」

抜け目のない彼の答えに、女官が眉を寄せた。

「まぁ。そのように脅かすような物言いはおやめください」

「ははは、これは失礼」

商人の話が本当かどうかはわからないが、凛風は白い小鳥を買うことにした。他に欲しいものはなかったから、籠を抱えて部屋へ戻る。

窓辺に籠を置いて考えた。

「この鳥、放った方がいいかしら?」

小鳥は凛風の部屋に来てもおとなしくしている。籠の隙間から指を入れてふわふわの羽を撫でてみると、嫌がりもせずおとなしくしていた。

あのまま商人のもとへ置いておくのが可哀想で買ってきたはいいけれど、どのようにするのがいいかわからなかった。

「このまま凛風妃さまが可愛がってやればいいじゃありませんか? 自由にしてやるのがよい行いと言いますが、本当のところこの鳥は逃がしてやっても長くは生きられませんから」

「……どういうこと?」

少し不穏な言葉に、凛風は眉を寄せる。

「餌の獲り方を知らない籠の鳥は、外の世界では長く生きられません。ほとんどが他の鳥の餌食《えじき》になります」

ならばこのままここで飼う方がいいという意味で彼女は言ってくれたのだろう。

凛風はじっとしている小鳥を見つめて考える。

籠の中にいれば、自由はなく飛べないまま。だが少なくとも今は生きながらえることができるのだ。でも凛風が使命を果たした暁には処分されるだろう。窓の外は雲ひとつない晴れ渡った空だった。小鳥の天敵となる大きな鳥は飛んでいない。

しばらく空を見上げていた凛風は、籠の扉をそっと開ける。どちらも危険な道ならば、小鳥自身に決めさせたいと思ったのだ。

扉が開いたことに気がついて、小鳥は首を傾げる。そして止まり木から下り、ちょんちょんと飛び跳ねながら、籠の外に出てきた。

窓枠にとまり、不思議そうに空を見ている。

「あなたは、どうしたい？」

凛風が声をかけると、小鳥は黒い瞳で凛風を見る。そして、白い羽を羽ばたかせて、真っ青な空へ飛び立っていった。

瓦の屋根が並ぶ後宮の建物の上を大きく旋回し、ぴーっと鳴く。その小さな体から出たとは思えないほど力強い鳴き声に、凛風の胸は震えた。

——あのように、私も羽ばたきたい。

自らの羽を動かして、自分の心のままに飛んでいきたい。たとえその先が危険に満ちていても、凛風はそれを望んでいる。

自分で考え、望むことを口にすれば、きっと彼はこの大空のように凛風を受け止めてくれるはず。

――暁嵐さま。

青い空に凛風が暁嵐を思い浮かべた時。

「逃がしておしまいになったんですね」

呼びかけられて、ハッとする。振り返ると女官がにこやかに笑っていた。

「鳥を逃がすお妃さま方の中には、どこへでも飛んでいける鳥が羨ましいとおっしゃる方もいらっしゃるとか」

まるで、胸の内を読まれたような女官の言葉が、凛風の耳にざらりと聞こえる。

いつもと同じように見えるその笑顔にどうしてか不穏なものを感じて、胸がざわざわとした。

「私はなにも……」

口ごもると、女官が貼り付けたような笑顔のまま口を開いた。

「凛風妃さま、さるお方よりお会いしたいとの伝言をお預かりしております。これよりまいりましょう」

女官に連れられて、凛風がやってきた小部屋は、人気のない長い廊下をいくつも曲がった先にあった。

窓を幕で覆われた中に下がる小さな灯籠。その灯りだけが頼りの薄暗い部屋には、甘ったるい香りが充満している。この香りには覚えがあった。

「おお、ずいぶん見られるようになったではないか」

背後の扉が静かに閉まったと同時に、部屋の中央に座るでっぷりとした女性が口を開いた。

「皇太后さま、お連れしました」

女官が彼女にそう告げるのを凛風は血の気が引く思いで聞いていた。いつの頃からそばにいた彼女が、皇太后と通じていたという事実に胸が騒ぐ。つまりはずっと監視されていたということか。

彼女と過ごした日々、交わした言葉の数々を思い浮かべようと試みるが、動揺しすぎてなにも思い浮かばない。ただ冷たい汗が背中を伝うのみである。

あまりの衝撃に立ってはいられず床に跪いた凛風のそばに皇太后がやってくる。

静かな部屋に衣擦れの音がはっきりと響いた。

彼女の持つ扇が凛風の顎に添えられる。ぐいっと上を向かせられると、蛇のような目が自分を見ていた。

「女子は男を知ると美しくなるというからのぅ。もはやあの男に可愛がってもらったか？」

「わ、私は……。まだ……」

ガタガタと身体が震えだすのを感じながら凛風が答えると、彼女はふふふと嫌な笑みを浮かべた。

「そなたがまだ深い仲になっておらぬのは知っておる。じゃが、とりあえず気に入られておるのは確かなようじゃ、褒めてつかわす。ふふふ、それにしてもうまくいったのぅ。わらわの読みがあたったというわけじゃ」

皇太后が凛風の隣の女官に向かって満足げに言っている。言葉の意味がよくわからない凛風に、心底嬉しそうに種明かしをした。

「あの男は、哀れななりをした者に優しいじゃろう？　百の妃という惨めな位置もあの男の好みじゃ」

意味深な言葉に、凛風の背中をぞくりと嫌な感覚が走りぬけた。

隣に跪く、無表情な女官を見ると、はじめて彼女と言葉を交わした時のことが蘇る。

百の妃に選ばれたこと。暁嵐と出会った露天の湯殿。

まさか偶然だと思っていたあのはじまりから、すべて仕組まれたことだったのだろうか……？

「そなたは、わらわが課した役割を今のところ完璧にこなしておる。さすがは郭凱雲の娘じゃ」

その言葉に、凛風は目を閉じる。

胸が鋭利な刃物でえぐられたように痛んだ。そこから溢れ出た凛風の血が、凛風と暁嵐のふたりの間に起こった温かな思い出を、どす黒い赤に染めてゆく。

はじめて目にした自分の名の字。

はじめて目にした彼の笑顔。

身体の傷を生きた証だと言ってくれた言葉も。

互いを愛おしく想い合うこの心も。

なにもかも、皇太后が描いた絵に過ぎなかったのだ。

「お主は優秀な刺客ぞ」

皇太后の扇が凛風の頬を辿る感触に、凛風の心が絶望に染まっていく。

知らなかったとはいえ、はじめて愛した唯一無二の男性を、陰謀に巻き込んでしまっていた自分の愚かさが憎かった。

「あの男が、気に入った妃に手を出せぬ腰抜けとは知らなかったが、もはや時間の問題なのであろう？　男はのう、寝所にて好きな女にしなだれかかられればいちころじゃ。つまりはもはやいつ使命を実行するのか、お前次第というわけじゃ」

そう言って皇太后は懐から、黒い布に包まれたものを出し、にっこりと微笑んだ。

「だがお前も不安じゃろう？　なにしろ相手は鬼なのじゃから。皆でお前を助けてやる」

「皆で……？」

暗殺は闇でひっそりと行われるのではなかったかと、凜風は首を傾げる。すると皇太后が手にしている黒い包みの布を解く。中から簪が出てきた。凜風が挿しているものと同じように先が尖り、紫色に変色している。

「これは……？」

「新たな簪じゃ。明後日、炎華祭が都の端の離宮にて執り行われる。皇帝の治める世が穏やかなことに感謝して、国中の民が感謝の品を皇帝に捧げるという毎年恒例の国家行事じゃ。皇帝は、離宮に妃をひとり連れていき、一夜を過ごすことになっている。今年は間違いなくそなたであろう」

そこで皇太后は言葉を切り、鋭い視線で凜風を見る。

「その夜、必ず使命を実行せよ。わらわに組する家臣たちが離宮に攻め入る手筈を整え、お前が手を下すのを待っている。やつを確実に仕留めるためじゃ。この簪で喉をつけば致命傷になるはずじゃが、念には念を入れてのことじゃ」

「そんな……」

あまりにも恐ろしい話に絶句する凜風に、皇太后は楽しげに言葉を続ける。

「この簪にはやつを絶命させる術の他にもうひとつ術がかけてある。そなたがこの簪をやつの喉に突き立てて簪が血を吸えば、我が息子輝嵐がそれを感じるようになっておる。それを合図に家臣たちは離宮に攻め入る。そしてやつの亡骸《なきがら》をわらわのもとへ持ってくるのだ」

血塗られた恐ろしい計画を口にしているというのに、彼女はまるで歌うようにうっとりと目を細めた。

皇帝を暗殺し、謀反《むほん》を起こし家臣同士を戦わせれば、暁嵐だけでなく多くの者の血が流れるというのに。

皇太后が、凛風が挿している簪を引き抜き、新たな簪を挿す。そしてなにかを思い出したように声をあげる。

「おお、そうじゃ」

そしてまた、懐から紙を出し、凛風に見せるように広げた。

「お主の弟から預かっておった文じゃ」

その言葉の通り、文のようだった。字を習いたての凛風にわかるのは、『凛風』の文字と『浩然』の文字。

「お主の弟は大変優秀だそうじゃ。科挙を受けるための予備試験を見事最年少で突破した。今は、本試験を受けるため都におる。わらわの実家で預かり、勉学に励んでおる。よい後継ぎがいて郭家の先は明るいな。そなたがきちんと役目を果たしたあかつきには弟の道は開けるじゃろう」

つい先ほど見た、大空に飛び立っていった白い小鳥。自由に羽を羽ばたかせていた光景が、黒い墨でぐちゃぐちゃに塗りつぶされていくのを感じた。

暁嵐に抱きしめられて夢を見た、もうひとつの道など自分にはなかったのだと思い知る。

浩然が皇太后の手の内にいるならば、今この時にでも消すことができるのだ。炎華祭の次の日の夜明けを暁嵐が生きて迎えたら……。

暁嵐と浩然、ふたりの大切な存在に身を引き裂かれるようだった。どちらかを選ぶなど、絶対にできないのに選ばなくてはならないのだ。

「よいな、弟の命はお前にかかっておるのだぞ」

そう言い残し、皇太后は部屋を出ていった。

残された凛風はしばらくそこで灯篭の灯りを見ていた。

「凛風妃さま、そろそろ戻りませんと。他の女官たちに不審に思われてしまいます」

女官が少し苛立った様子で凛風を急かす。正体を知られた今、もはや凛風を妃扱いする必要はないということだろう。

凛風は立ち上がり、女官に続いて部屋を出た。いつの間にか日は傾き、長い廊下の窓が橙色に染まっていた。

その光が、絶望に染まる凛風の心を照らす。不意に凛風は先をゆく女官に向かって呼びかける。

「あなたはなぜ皇太后さまに付き従っているの？」

自らの願いのためならば、血を流してもかまわないと考える残酷な皇太后に。彼女にとっては女官もまた凛風と同じようにいつ切り捨ててもかまわない存在だ。

女官が驚いたように足を止めて振り返る。

「皇太后さまは、必要ならば忠誠を誓う者もためらわずに始末される方だわ。恐ろしくはない？」

「答える必要はありません」

女官が感情のない声で答える。その表情は陽の光を背にしていて見えなかった。

「あなたさまは、ご自身の使命を果たすことのみをお考えください」

「私が使命を果たした後の輝嵐さまが治める世は、あなたにとっていい世なのかしら？」

凛風からの問いかけに彼女は沈黙し、こちらに背を向ける。

「そのようなこと、考えたこともございません」

そしてまた歩きだした。

凛風も彼女について歩きながら、夕陽を見つめていた。

自分を騙《だま》し、皇太后の策にはめたこの女官を憎む気持ちにはなれなかった。少し前の凛風も彼女と同じだったのだ。

自分の果たす役割がいったいどのような結果をもたらすのか、考えることもしないで、凍りついた心のままただ流されるだけ。

——でも今は、もうそんなことはできなかった。

暁嵐が凛風の心を動かしてくれたから。

自分の頭で考える力をくれたから。

己の心のままに生きられる世を作ると語ってくれたから。

たとえ自分が見られなくとも、暁嵐が存在する限りその世が広がっていると凛風は信じたい。

そのために、自分ができることはなんなのか。

赤い夕陽を見つめて、凛風は考え続けた。

その夜、凛風が暁嵐の寝所へ行くと珍しく彼はおらず、政務が長引いているから先に寝ているようにと、伝言があった。

いつも彼と手習いをする椅子に座り、凛風は部屋を見回した。

炎華祭が明日ということは、今夜が凛風にとってこの寝所で過ごす最後の夜だ。

彼のための調度品は、凛風が手習いをするための机を除けば、椅子と大きな寝台のみ。皇帝の寝所にしては簡素なこの部屋は、彼の性格を表しているように思えた。

机の上に並べられた文箱と紙に、凛風の胸は締め付けられる。ここで彼にたくさんのことを教わった。

字だけでなく、自分の頭で自分の行く末を考えること。

望むことを口に出すこと。

そして誰かを愛することの喜び。

実家にいた時の弱い自分はもうどこにもいなかった。ずっと止まっていた凛風の刻を彼は動かしてくれたのだ。

自分の置かれている状況は変わっていない。むしろ悪くなっていると言えるだろう。

彼を愛してしまったから、自分が突き進むしかない悲劇的な結末に、耐えがたい苦しみを感じてしまう。

彼とともに生きたかったという思いに苛まれるのだ。

それでも、以前の自分に戻りたいとは思わなかった。

心を凍らせ自分の頭で考えることはせず、ただ言われたことに否と言わず従うだけ。

そして重い罪を犯し一生を終える。

そんなことのために自分は生まれたのではないと強く思う。暁嵐に凛風の存在を認めてもらった今、それだけは確信している。

悲劇的な結末は、変えられないかもしれない。けれどそれでも流されるのではなく自分で決めたいと思う。

「寝ていなかったのか」

声をかけられて、凛風は顔を上げる。物思いにふけっているうちに、暁嵐が来ていたようだ。

「暁嵐さま。遅くまで政務、お疲れさまでございました」

「ああ、遅くなってすまない。炎華祭の支度で少しな」

彼の口から出た炎華祭の言葉に、凛風の胸がどきりと鳴る。

「……国中の人たちが、暁嵐さまに感謝の品を捧げるためのお祭りだとか」

思わず目を伏せてそう言うと、彼は頷いた。

「そうだ。まぁ、実際は捧げ物のためにやっているわけではない。各地の作物の出来具合を俺が直接見るためだ。作物の出来がよくない地域は、民の生活が脅かされる。各地の様子はその地を治める家臣たちの報告で把握しているが、そういうものは真実ではない場合もある」

「そうなんですか」

やはり……と凛風は思う。

彼はこの国に必要不可欠な存在だ。彼が作る世が、民にとっては必要だ。

そして凛風自身もそれを強く望んでいる。

どのような理由でも、彼を失うことなど絶対にあってはならない。

たとえ凛風自身が彼の作る世を見られなくとも……。

「各地の伝統舞踊も披露されるから、お前も楽しめるだろう。華やかな場は苦手だろうが、明日は俺がそばにいる」

「私も連れていってくださるのですか？」

「離宮へは妃をひとり連れていくことになっている。お前以外誰がいる？　俺の妃は後にも先にもお前だけだ」

そう言って彼は柔らかく微笑んだ。

もうこの言葉だけでいいと、凛風は思う。この言葉が、自分が決めた道へのほんの少しの恐れを吹き飛ばしてくれた。

『俺の妃はお前だけ』

その言葉を胸に、凛風は自分の頭で考えた正しいと思うことを実行する。

唇をキュッと噛み、うつむいたまま暁嵐の衣服をそっと掴む。

「暁嵐さま。その……少し灯りを落としてもらえますか？」

頬が熱くなるのを感じながらそう言うと、暁嵐が訝しむように目を細めた。

唐突に意外なことを言う凛風に、暁嵐の戸惑いが空気を通して伝わってくる。恥ずかしくて顔を上げることもできなかった。

彼からの答えはない。

けれどしばらくして灯りは落ち、部屋が薄暗くなった。

どきんどきんと鼓動がうるさく鳴るのを聞きながら、凛風は髪に挿している雪絶華の簪をゆっくりと引き抜いて、そばにある台にコトリと置く。

今宵だけは、この簪を外して彼と過ごすと決めたのだ。これだけ部屋が暗ければ、紫色に染まる先端に気がつくことはないだろう。

暁嵐が、台の上の簪を無言で見つめている。

自分がこれからしようとしていることを考えると、とても平常心ではいられない。妃の方から皇帝に愛を求めるなど、してはいけないことなのかもしれない。それでも凛風が正しいと思う道を進むためには、どうしても必要なことなのだ。

こくりと喉を鳴らして、凛風は暁嵐に歩み寄り、意を決して彼の胸に抱きついた。

「暁嵐さま……」

「……凛風？」

突然の凛風の行動に、暁嵐が掠れた声を出した。恥ずかしくてたまらないけれど、どうしても今の自分には必要なのだと、自分自身に言い聞かせる。

彼の衣服に顔をうずめて、凛風はその言葉を口にした。

「私を……暁嵐さまの本当のお妃さまにしてください」

これで想いが伝わるのか、彼が受け入れてくれるのか、凛風にはわからない。けれどこれが自分にできる精一杯だった。

足りないところはあるだろうが、それでも凛風の望みは正確に伝わったようだ。彼の腕が凛風の身体を包み込み、低い声が甘く耳に囁いた。

「凛風」

その声音に、誘われるままに顔を上げると、熱を帯びた瞳が凛風を見つめていた。

こんな彼ははじめてだ。

そう思った瞬間に、彼も自分と同じ気持ちなのだと確信して、凛風の胸は喜びに震えた。

「暁嵐さま、私の心は暁嵐さまだけを求めています。私……暁嵐さまのものになりたい」

暁嵐の目尻が赤みを帯びる。その赤い光を綺麗だと思ったその刹那、熱く唇を奪われた。

はじめから深く入り込む彼に、拙い動きで応えながら凛風はゆっくり目を閉じる。

今夜だけはなにもかも忘れて彼の愛だけを感じていようと心に決める。

この出会いが皇太后によって仕組まれたことならば、今こうしていることも間違いだ。

けれど今はこれでよかったと心から思う。

彼と過ごした時間が、凛風に心を与えてくれた。自らの意思で前に進む力をくれたのだ。

「凛風、お前が愛おしい」

暁嵐の唇が愛を囁き、傷だらけの肌を辿る。それだけで強くなれるような気がした。

彼の吐息が、熱い想いが、凛風の心を刺激して身体が燃え上がるように熱くなっていく。

——覚えていよう、と凛風は思う。

彼の唇の感触を。

髪を優しく撫でる大きな手の温もりを。

彼がくれたたくさんの愛を。

たとえこの身体が消えてしまっても、強く願えば想いは残ると思うから。

もうすぐ迎える最期の時に、幸せな人生だったと胸を張って言えるから。

「暁嵐さま……暁嵐さま」

目を閉じると、いつかの夜、彼が連れていくと約束してくれたあの花の町が広がっている。

私はもう弱くないから。

都が初夏の香りに包まれていたその夜に、凛風は愛する人の妃となり、たったひと夜の幸せを心と身体に刻み込んだ。

胸に、ある決意を秘めながら。

炎華祭が行われる離宮へは早朝に出発した。

豪華な籠に乗せられて、凛風は都の端にある離宮までの道をゆく。沿道は集まった人たちでごった返していた。

皇帝である暁嵐をひと目見ようと詰めかけた人々だ。

凛風には政のことはわからない。

それでも暁嵐が即位してからは、魑魅魍魎に人が喰われることはなくなった。皆暁嵐を見て口々に感謝の言葉を口にしている。

御簾《みす》を下ろした籠の中で凛風はそれをじっと見つめていた。

暁嵐の到着を待ち、離宮ではじまった炎華祭。まずはじめに皇帝と皇太后が鎮座する前で、各地から集められた特産品が捧げられた。民から皇帝への感謝の念が示されるのだ。

それが終わると各地の伝統舞踊が披露される。ここからは、凜風も暁嵐から少し離れた席に座り参加する。

家臣たちにも食べ物や飲み物が振る舞われ、賑やかな雰囲気になる。

目の前で披露される国中から集まった者たちの舞や、音楽、歌を聞きながら凜風は目を丸くしていた。祭りなど凜風にとってははじめてだし、そもそも歌や舞を近くで観ることもほとんどない。

そしてつくづく自分は世間知らずだったのだと思い知る。どの演目も、出る人の身につけている衣装は見慣れないし、歌も舞も見たことがない雰囲気のものばかりだ。

その中のひとつ、まさに今はじまったばかりの演目に、凜風は目を奪われていた。

赤い衣装を身につけて、長い髪をひとつにまとめた女性が舞う様子は、まるで花の間をひらひらと飛ぶ蝶のようだ。

この衣装はどこかで見たことがあるような……。

「凜風妃さま」

控えの女官に声をかけられて、うっとりと観ていた凜風は、振り返った。

「はい」

「陛下よりご伝言を賜ってまいりました」

　そう言う彼女は皿に盛られた橙色の果実を手にしている。

　凛風は首を傾げた。

「ご伝言？」

「はい。今舞っているのが、以前凛風妃さまにお話しした、町の者たちにございますと……。こちらは、かの地の特産品にございます」

　凛風は驚いて、目の前で舞い踊る女性に視線を戻す。

　以前話をした町とは、暁嵐が連れていくと約束した花の町のことだろう。では彼女はあの書物に描かれていた町から来たのだ。そう言われれば書物の中で舞っていた女性と衣装がとてもよく似ている。

　きっと書物の中の女性もこのように舞っていたのだと思うと、凛風の胸は弾んだ。

「そうですか、この方たちが……」

　呟くと、凛風の胸は嬉しい気持ちでいっぱいになる。かの町へ暁嵐とともに行くことは叶わなかった。それでも舞を見ることはできたのだ。

「美しい舞と衣装ですね」

　目尻の涙を拭いながらそう言うと女官が微笑んだ。

「炎華祭にて、舞を舞うのは名誉なことにございます。すべての地域のものが披露できるわけではありませんから。毎年選抜された者だけが、この場に呼ばれるのです。

今年は陛下たってのご希望で、かの地の者が舞を披露することになったとか……」

では今、かの地の女性が凛風の目の前で舞っているのは、凛風のためというわけだ。

暁嵐からの伝言の内容から女官もそれを察したのだろう。にこやかに笑って果物を差し出した。

「本当に陛下は、凛風妃さまを大切に思われているのですね。こちらはかの地の特産品にございます。どうぞ今お召し上がりくださいませ」

女官の言葉に頬を染めて、凛風は果物に手を伸ばす。食べやすいよう小さく切られた橙色のかけらを口にして、目を見開いた。

「甘い！」

女官がにっこりと微笑んだ。

「古来より、皇帝陛下からご寵姫さまへの贈り物として献上されてきた果物だそうですよ。その甘さは天にものぼる心地がするとか」

「はい、すごく……美味《おい》しいです！」

今まで食べたどんな食べ物よりもまろやかな甘さで美味しかった。こんなに美味しい作物がこの世にあることが信じられないくらいだ。

「お気に召したなら、こちらのものはすべて凛風妃さまにお召し上がりいただくようにと陛下がおっしゃっておられます。ささ、どうぞ」

凛風はもうひとつ果物を口にする。そして女官の向こう、玉座に座る暁嵐がこちらを見ていることに気がついた。

声こそ聞こえなくとも、凛風が果物を喜んでいるのはわかるのだろう。はしゃいでしまったのが恥ずかしくて、凛風が口を押さえると、彼はふっと笑って目を細める。そしてまた前を向いた。

その精悍な横顔に凛風の胸はきゅんと跳ねた。

皇帝としての揺るぎない強さを湛える堂々とした風格だ。昨夜寝所で一夜をともにした彼と同一人物だということが信じられないくらいだった。

凛風の胸は愛おしい彼への想いでいっぱいになる。

けれど、その向こうの席に鎮座する皇太后がこちらを見ていることに気がついて、どきりとした。口元を扇で隠し凛風を探るように見ている。今宵の計画を忘れていないだろうなと確認しているようだった。

その視線に、凛風の背中が泡だった。身体中の傷痕がじくじくと疼《うず》きだす。課せられた使命に背くことに、身体が拒否を示しているのだ。呼吸が浅くなるのを感じて、凛風は慌てて目を閉じた。

心を落ち着けて昨夜の出来事を思い出す。

昨夜、暁嵐は凛風をこれ以上ないくらい大切に扱ってくれた。身体に残る無数の傷痕のひとつひとつに口づけて、愛の言葉をくれたのだ。

――大丈夫、私は私の決めたことを実行する。

心の中で言い聞かせ目を開くと、傷痕の疼きは治まった。

皇太后から目を逸らし、凛風は真っ直ぐに前を向く。

晴れ渡った空のもと、国中から集まった人たちが、暁嵐を崇め奉っている。

きっと彼らが望むのは、愛する者との平穏な日々。暁嵐の治世が、穏やかであることを願っているのだろう。

青い空を白い鳥が飛んでいくのを見つめながら、凛風は今宵自分が取るべき選択を心の中で確認した。


離宮にある皇帝のための寝所は、大きな池の中央に浮かぶように建てられていた。水鳥が羽を休め眠る水面に、黄金色の月が映っている。ゆらゆらと輝く光を凛風は窓から眺めている。

祭りを終えて、寝支度を整えた今、暁嵐を待っている。

皇太后がこの場所で謀反を起こすと決めた理由が、わかるような気がした。

ここならば、寝所からの逃げ道はひとつしかない。寝所から陸へと続く橋には人気はないように見えるけれど、おそらくはすでに皇太后の息がかかった家臣たちに押さえられているのだろう。袋の鼠《ねずみ》というわけだ。

夜の空を見上げながら、凛風は今日一日のことを思い返していた。

今日は、本当に幸せな一日だった。

国中の伝統舞踊を目の前で見られたというだけでなく、正真正銘の暁嵐の妃として、彼と肩を並べたのだ。それが嬉しくて幸せだった。

皇太后と通じている自分には本来ならそのような資格はない。けれど今夜を成功させれば、そうではなくなるのだ。そして必ずそうなるという自信が凛風にはある。

「疲れていないか」

声をかけられて振り返ると、いつの間にか暁嵐が部屋へ入ってきていた。

「はい、暁嵐さま。今日は素晴らしいものを見せていただきありがとうございます」

凛風が心から礼を言うと、暁嵐はこちらへやってきて凛風を抱き上げる。

「きゃっ！」

凛風は声をあげ彼の衣服を握った。

唐突に近くなった距離に鼓動が飛び跳ね戸惑う凛風に、暁嵐はふっと笑う。そして熱くなる凛風の頬に柔らかい口づけを落とした。

それだけで、凛風は頭の中が茹で上がるような心地がする。濃くなった彼の香りと頬に感じる彼の吐息と唇の感触、寝所でふたりきりという状況に、どうしても昨夜のことを思い出してしまったからだ。

思わず両手で顔を覆った。真っ赤になってしまっているのが恥ずかしくてたまらなかった。

「なんだこのくらいで。昨夜はもっと深く触れ合ったというのに」

暁嵐は機嫌よく言って、部屋を横切り凛風を寝台へ下ろした。そして凛風の頬を大きな手で包み込む。

「今日の祭りを凛風が楽しんだのならよかったが、まだ身体がつらくはないかと俺は気が気じゃなかった」

「だ、大丈夫です……。美味しい果物も食べさせてもらいましたし」

熱を帯びた彼の視線から逃れるように目を伏せて、少し話題を逸らす。

昨夜は無我夢中だったから、普段の自分ならしないことをして、言えない言葉を口にできた。

でも今、彼の口から昨夜の出来事の片鱗が見えるのは耐え難いほど恥ずかしい。

「かの地の舞を見られたのが嬉しかったです。本物は想像をはるかに超えるものなのですね」

「ああ、次はかの地にてあの舞を見せてやる」

力強く約束する暁嵐に、凛風の胸がギュッとなった。

その日は……絶対に来ないのだ。

「……はい。楽しみです」

お腹に力を入れて涙が出そうになるのをこらえた。

そしてうつむき唇を噛む。いよいよ自分のするべきことを実行する時が来たと自分自身に言い聞かせる。意を決して顔を上げ彼を見た。

「暁嵐さま、お話ししたいことがございます」

真剣な目で彼を見つめる凛風に暁嵐もまた笑みを消し、真っ直ぐな眼差しを返した。

「私、暁嵐さまに隠していることがあります。今宵はそれをお話ししたいと思います」

突然はじまった凛風の告白を、暁嵐は驚く様子もなく静かな眼差しで受け止める。

その視線に大丈夫だと確信する。

彼はきっと、凛風の言うことを信じてくれる。

「私が、今ここにいるのは……」

そこで一旦言葉を切る。緊張で息苦しさを感じたからだ。

愛する人への裏切りを口にするのはつらかった。けれど、言わなくては。

「ここにいるのは、こ、皇太后さまと父に命じられたからなのです……」

とても彼の目を見ていられなくて、凛風は目を伏せる。あとは、何度も頭の中で繰り返し練習した通りに言葉を続ける。

「私は、皇太后さまから、ね、閨の場で暁嵐さまを殺めるよう使命を受けた、刺客なのです。後宮入りしたことも、湯殿で出会ったことも、すべて暁嵐さまを亡き者にするための計画だったのです……」

凛風にとって大切な彼との出来事をこんな風に言葉にするのはつらかった。溢れる涙が頬を伝い膝の上で握った手に、ぽたりぽたりと落ちた。

「だ、だけど、だけど私は……！」

「凛風」

温かい声に遮られて凛風が驚いて彼を見ると、暁嵐はいつもと変わらない優しい目で凛風を見つめている。そして驚くべきことを口にした。

「知っていた」

「…………え？」

「お前が刺客だということは、はじめからわかっていた」

「暁嵐さま……？」

彼が口にした言葉の内容に、あまりに衝撃を受けすぎて、凛風の思考が停止する。刺客であることは誰にも知られていないはず。だからこそ凛風は暁嵐の寝所に上がることができたのだ。寵愛を受けることになったのだ。

それなのに、彼がはじめから知っていた？

答えられない凛風に、暁嵐がふっと笑う。そして種明かしをはじめる。

「俺は生まれた時から皇太后に命を狙われてきた。身の回りの変化には常に気を張っている。皇太后が絡んでいるかどうかは、だいたい勘でわかるんだ。湯殿で凛風と出会った時から、あやしいと踏んでお前のことはすぐに調べた。そして後宮入りするには不自然すぎる生い立ちを知った」

「出会った時から……」

唖然としながら凛風は呟く。では彼は、凛風自身が仕組まれた出会いだったと知る前から気がついていたというわけか。

信じられないと思うけれど、彼が鬼であるということ、これまでの皇太后との経緯から考えると納得だ。

「ああ、だいたいの予測はついていた。お前自身が皇太后の差し金だと気が付かぬまま、俺と会っていることもな」

そう言って彼はくっくと笑う。

それに凛風はますます唖然として、呆れてしまうくらいだった。

そこまでわかっていたのならどうして彼は今まで黙っていたのだろう？

皇太后の策略に乗るような危険な真似をしているのだろう？

「暁嵐さま、ならどうして……？」

まったく彼の考えがわからなかった。

己の心のままに生きられる世を作りたいと語った彼にとって、皇太后は最大の障害だ。凛風が刺客だと見抜いていたならば、捕らえて皇太后を糾弾すればよかったのだ。

それがこの国のためになるというのに。

「どうして私を捕らえなかったのですか？」

問いかけると、彼は一瞬沈黙する。凛風を見つめる目を細め、温かい声で答えた。

「お前を愛しいと思うようになったからだ」

「暁嵐さま……？」

「お前を失いたくないと思ったのだ。なんとしてもこの手で救いたかった。だから俺は皇太后の策略に乗せられたふりをしてお前が俺に心を預けてくれるのを、真実を話してくれるのを待っていた」

彼の言葉に、凛風の目に再び涙が浮かび頬を伝う。

こんなにも深い愛に包まれていたのだという、幸せな想いで胸がいっぱいになった。

「凛風、俺はこの日を待っていた」

力強く抱きしめられて彼の胸に顔をうずめる。喜びの涙は後から後から流れ出た。

言葉にできないほどの過酷な生い立ちも、刺客として過ごしたつらい日々も、なにもかもが吹き飛び、この世で一番幸福な一生を送ったのだと思うくらいだ。

——本当にもう十分だ。これ以上望むものはない。

　凛風はそっと彼から身を離し、もうひとつ言わなくてはならないことを口にする。

「暁嵐さま、今宵この離宮は、皇太后さまに組する者たちが取り囲んでおります。暁嵐さまに謀反を起こすために」

暁嵐が頷いて、話の続きを促した。

「私が皇太后さまに合図すれば、皆この寝所を目がけて乗り込んでくる手筈になっております。その際は、皇太后さまへの忠誠の証として、それぞれの家紋が描かれた旗を高く掲げているでしょう。彼らを一網打尽にすれば、宮廷に平穏をもたらすことができます」

暁嵐が凛風の肩を掴み、大きく息を吐く。

「わかった。話してくれてありがとう。後は俺に任せろ」

力強い言葉に、凛風は心底安堵する。

今宵は彼が皇太后一派を一掃できる絶好の機会。だが刺客だと明かしてもなお彼が凛風の話を信じてくれるかどうかだけが心配だったのだ。

この国が、己の心のままに生きられる世になると確信する。

——私は見られないけれど。

「凛風、皇太后への合図というのは？」

暁嵐からの問いかけに、凛風はこくりと喉を鳴らす。いよいよ、この時が来た。

自分を見つめる暁嵐の目を見つめ返すと、彼と自分の間に起こったことが頭の中を駆け巡る。幸せだったと確信して、凛風は口を開いた。

「──合図は、これです」

言うと同時に、素早く頭の簪を引き抜いて、握り直し一気に自分の喉をつく。鋭い衝撃を身体全体で受け止める。

「凛風!!」

驚愕の表情で暁嵐が叫んだ。

「この……簪が血を吸うと輝嵐さまが感じ取るよう術がかけてあります。……それを合図に……」

痛みは感じないけれど、簪が刺さった箇所が燃えるように熱くて、うまく声が出なかった。

身体の力が抜けて寝台に手をつくと、暁嵐の腕に抱かれる。

「どうしてこんなことを!!」

暁嵐の怒号が寝所に響く。こんなに怒りを露わにする彼ははじめてだ。彼の腕に身を預ける凛風の目尻から涙がつっと伝う。

「弟を……人質に取られています。今は皇太后さまのすぐそばに……。今宵私が失敗すれば、即座に処分されてしまう」

凛風は、暁嵐を選んだのだ。

この国のため民のためと言いながら、ただ愛する人に刃を向けられなかっただけなのかもしれない。

いずれにしても。

「ひとりで逝《い》かせるわけには……いきません……。たい、せつな弟なのです。私の生きがいだった……」

「凛風……」

痛ましげに眉を寄せる暁嵐の服を、もうあまり力の入らない震える手で掴む。

「暁嵐さまは、私に……心をくださいました。私に、考える力をくださいました……。お、己の心のままに……生きら……」

苦しくてゴホッと咽《む》せると、大量の血が口から溢れた。

「凛風！　しゃべるな。今俺が……！」

凛風は被りを振って言葉を続ける。

「己の心のままに、生き……られる世を作って……もう、私みたいな者を出さぬ世を」

必死の形相で覗き込む暁嵐が霞《かす》んでいく。もう自分の声が出ているのかすらわからなかった。相変わらず痛みもなにも感じない。ただ暁嵐の声だけははっきりと聞こえた。

「凛風、わかった。約束する、約束するから、頼むからもう……」

その言葉に心底安堵して、凛風の体から力が抜ける。同時に世界は真っ黒な闇に閉ざされた。

「凛風!!」

呼びかけに反応しなくなった凛風を暁嵐は抱きしめる。

真っ青な肌と真っ赤に染まる血に、身体の奥底から激しい怒りが込み上げる。身体中の血が煮えたぎる。

彼女を追い詰めたものすべてが憎くてたまらなかった。

このまま世界の刻を止め、永久にこうしていようか。そんな考えが頭に浮かぶ。

自分と彼女以外がどうなろうとかまわない。

だがどこからか聞こえる怒号のようなものに、暁嵐は目を開く。きな臭いにおいが漂っているのは、火が放たれたのかもしれない。

その前に、凛風を追い詰めた者たちに、その報いを受けさせてやる。

暁嵐は凛風を寝台に寝かせ、彼女にだけ刻を止める特殊な術をかける。そして血に染まる唇に口づけ、立ち上がった。

部屋を横切り、寝所の扉を蹴り破ると、池にかかる橋で家臣が従者と争っていた。

暁嵐の姿を見て、家臣は驚愕の表情を浮かべた。

てっきり暁嵐は喉を刺されて虫の息だと思っていたのだろう。いの一番に乗り込んで手柄を立ててやろうとしたところ、扉を蹴破り出てきたことに驚いているのだ。

「へ、陛下……？」

目を見開き言葉を失っている。今宵暁嵐に刃を向ける皇太后側の家臣として、彼がここにいることは予想通り。

彼は前帝が病に倒れた頃から皇太后の愛人になったと噂されていた男で、それによって今の地位を得た。皇太后の助けがなければ、要職につけなかった男だ。

「ああ、な、なぜ……」

泡を吹いて問いかける彼に、無表情で手のひらを向ける。

「へ、陛下……おお許しを……」

この期に及んで懇願する彼を、心底愚かだと思いながら火を放った。

燃え上がる男の断末魔を聞きながら、暁嵐は離宮を足早に闊歩して、旗を掲げている家臣たちを次々と撃破する。

数はそれほど多くなく、当初の予想と外れている者はいない。彼らの懇願を無視して炎を放つたびに、後悔の念に駆られた。

国の安定も、皇帝としての正しい在り方もすべて無視してはじめからこうしていればよかったのだ。人の分際で自身に歯向かうこと自体が間違っているのだから。もっと早くこうしていれば凛風は傷つかずに済んだ。

「あ、兄上……な、なぜ!?」

声が聞こえて暁嵐は足を止める。振り返ると愚弟、輝嵐がいた。

臆病者で甘やかされて育った彼は、いつもは母の後ろに隠れ、言う通りにしているだけ。このような場にはめったに姿を見せないが、さすがに次期皇帝となるためには、ここにいる必要があったということだろう。

彼の後ろにはこの計画の黒幕である皇太后が、輝嵐と同様に驚愕して暁嵐を見ていた。

「お主……」

暁嵐の姿を見て、状況を察したようだ。悔しげに吐き捨てた。

「くそ、あの女！　失敗したな！　やはり、あんな小娘に任せるのではなかった。あの娘……」

「義母上、あなたの負けだ。俺はこの長い争いに幕を下ろす」

そう言って手のひらを向けると、彼女は「ひっ！」と声をあげて、息子の陰に隠れようとする。が、それを輝嵐が拒否した。お互いがお互いの身体に隠れようとして揉み合いになっている。

「ど、どういうことですか⁉　は、は、母上が、ぜ、絶対に大丈夫だと言うから来たのに……！」

「うるさい‼　なんとかせい！　お前も鬼じゃろう！」

「そんなこと、い、言ったって……！」

醜く争う親子を暁嵐は心底軽蔑する。弟と血の繋がりがあるということすら、虫唾《むしず》が走る思いがする。一刻も早くこの存在を消し去りたい。

ふたりに向かって一際大きな火を放つと同時に背を向けた。

そしてまた結界を張った寝所へ戻る。

寝台の上で目を閉じる凛風をそっと抱き上げ、外に出て夜の空に飛び上がり、星空を背に燃え上がる離宮を見下ろした。

建物が崩れ落ちる音に、あちらこちらからあがる怒号と悲鳴。赤い目でそれらを見ながら、暁嵐は自らの心がどす黒い怒りの感情に塗りつぶされていくのを感じていた。

欲深き愚かな人間どもめ。

魑魅魍魎から守られねば生きられぬくせに、権力に寄ってたかり、暁嵐の愛するものを傷つけた。

卑しくて忌々しい存在だ。

目を閉じると、国の全土が見渡せる。結界の先には魑魅魍魎が、人を喰いたいと涎を垂らして待っている。

暁嵐は目を開き腕の中の凛風の頬に口づける。荒ぶる心のまま凛風に問いかける。

凛風、お前はどうしたい?

お前を苦しめた愚かな者どもにどのように報いを受けさせよう?

結界を外し、魑魅魍魎に喰われて、じわりじわりと死滅してゆくのをここでともに眺めようか。

それとも、俺自身の手で国土のすべてを焼き尽くすか。

身体を駆け巡り行き場を探す怒りの感情が、より残酷な方法を求めている。この国をどのような方法で破滅させれば、この怒りは収まるのか、自分にもわからない。

その時。

――暁嵐さま。

柔らかな凛風の声を聞いた気がして、暁嵐は腕の中に視線を落とす。彼女はぴくりとも動かないけれど。

――暁嵐さま。己の心のままに生きられる世を作ってくださいませ。

その声は、怒りに支配され荒ぶる暁嵐の心に、すっと届く。

暗闇の中に差し込むひと筋の光のように。

——私のような者をもう出さぬように。

彼女の声が。

彼女の言葉が。

汚れなき想いが。

暁嵐の目のどす黒い曇りを晴らしていく。

そうだ、彼女は復讐など望んでいない。

愛する彼女が望むのは、復讐でも破壊でもなく、己の心のままに生きられる世。

腕の中の清らかな存在に口づけると、人間に対する憎しみに支配された心が晴れてゆくような心地がした。

彼女との約束を思い出す。

そして燃え上がる離宮に向けて、暁嵐はさっと手を振り下ろした。


「郭凱雲、こちらへ」

役人が指示を出すと、大極殿の玉座に座る暁嵐の前に、鎖に繋がれた凱雲が引き立てられる。土気色の肌に正気を失った目で暁嵐を見た。膝をつき恐怖に震えている。

「へ、陛下……私は決して陛下を裏切るようなことは……」

命乞いをする彼を隣の役人が小突いた。

「こら、陛下の御前で勝手にしゃべるな」

そのくらいのこと、仮にも貴族である彼が知らないわけない。もはや正気を失いかけているのだろう。

離宮での謀反から五日が経った。

あの日、離宮からあがる炎を消し止めた暁嵐は、すぐに皇太后側の兵を制圧し、怪我人の救出を行った。その場が落ち着いたのを見届けてから、凛風を連れて宮廷に戻ったのだ。

今彼女は、清和殿にて複数の医師による手厚い治療を受けているが、生死の境を彷徨っている。

暁嵐は家臣たちを集めて、謀反の夜に起こったことを明らかにし、彼女を自分の皇后にすると宣言した。彼女の命がどうなるかわからない今だからこそそうしたかったのだ。

皇帝からの強い意向に、誰ひとり反対する者はなく、速やかに国中に発表された。

本心では、片時も離れず彼女の容態を見守りたい。だが、皇帝としてはそうはいかなかった。

皇太后が謀反を起こすという国はじまって以来の大事件に、民が不安がっている。片付けなくてはならないことは山積みだ。そのひとつが、罪人の処分だ。

謀反に参加した皇太后に組する主だった家臣たち、皇太后と異母弟はすでに自ら処分した。残るは凛風に過酷な使命を命じた張本人、郭凱雲だ。

彼は謀反には直接参加せず、領地の自分の邸にいた。暁嵐は離宮の炎を消し止めた後、すぐに急ぎ軍を向かわせ捕らえたのだ。

事前の取り調べに彼は身に覚えのないことと否定したという。娘、凛風が勝手にやったことだと。

皇太后亡き後、凱雲と皇太后の繋がりを証言する者はたくさんいたが、彼が凛風に皇帝暗殺を命じたところを見た者はいない。凱雲が今回の謀反に加担していたことを示すものは、今のところ凛風の証言のみである。

自白がなくとも処分を下すことは容易だが、公平を期すため暁嵐自ら取り調べることにした。

「郭凱雲、娘の凛風に私の暗殺を命じたという話は本当か？」

単刀直入に問いただすと、凱雲は唾を飛ばして否定した。

「み、身に覚えのないことにございますっ！」

想定通りの答えに、暁嵐は役人に指示を出す。役人に腕を掴まれた女が入室した。

郭凱雲の妻であり凛風の継母だ。

彼女を見る凱雲の目が見開かれ不安の色に染まった。

「正直に申せ」

継母の隣の役人が促すと、彼女は早口で話しはじめる。

「夫が娘に陛下の暗殺を命じました。私はこの目で見ました！　お、恐れ多く許されぬことと私は反対しましたが、逆らうことはできず……。ふたりいる娘のうち凛風をと決めたのも夫にございます。私は凛風が可哀想で可哀想で……」

夫の命より自身の保身に走っているのだろう、わざとらしく涙を浮かべて聞いてもいないことまで並べたてる。

「お前……！　よくもそんな嘘を！　凛風の後宮入りはお前も賛成していたはずだ」

凱雲が真っ青になって妻を責めた。

「まさかそのようなことあり得ませんわ。あなたが怖くて言い出せなかっただけです」

反吐《へど》が出ると暁嵐は思う。彼女が凛風を率先して痛めつけていたというのは、秀宇からの報告で暁嵐はすでに知っている。だがとにかく彼女の証言により凱雲の罪を明らかにすることができた。

「へ、陛下……！　この女の話は嘘でございます。こ、こんな女の言うことをまさか本気になさりませぬよう、どうか……」

「残念だが郭凱雲、彼女の証言は凛風の話とも一致する」

暁嵐は、彼の言葉を遮りこの茶番を終わらせることにする。

「郭凱雲、皇帝暗殺未遂罪により死罪を言い渡す」

冷たい声で結論を出すと、彼は泡を吹いてもはや卒倒しそうになる。

「へ、陛下お許しを……！」

命乞いをする凱雲を無視して暁嵐は役人に目線で指示を出した。

「陛下、陛下！　私は本当にそのようなつもりはありませんでした！　どうか、お許しを」

役人たちに引きずられるようにして凱雲が連れていかれる。

暁嵐は継母の方に視線を移した。

「郭家は、貴族の身分を剥奪する。高揚へは別の者を派遣する。すぐに邸を出るよう」

本音では彼女にも異母妹にも、凛風を痛めつけた報いを受けさせたい。だがこの状態で夫と同じ皇帝暗殺未遂の罪に問うのは無理だった。彼女が口にした通り、一家の長が下した結論に妻子は逆らえない。

「まさか、私が平民になるというのですか⁉」

継母が声をあげる。

「こら、黙れ！　陛下に口答えするな」

隣の役人が目を剥いて制止するが、彼女はそれを無視した。

「なれど、皇后さまの母にあたる私を平民になど……なにかの間違いでは？　私は凛風に再会できる日を楽しみにしておりますのに」

暁嵐の頬が不快感で歪んだ。罪を逃れるだけでなく、散々虐げていた凛風をまだ利用するつもりだったとは。

「凛風はそれを望まぬだろう。お前と郭美莉は、二度と高揚から出ぬように」

「こ、高揚から出られない？」

「ああ、そうだ。万が一にでも凛風と顔を合わせぬように」

冷たい声で言い渡すと、なにが気に食わないのか、継母が口をヒクヒクさせた。

「陛下、お言葉ですが本来は、凛風は後宮入りする娘ではありませんでした」

皇帝に向かって言い返す継母に、役人が真っ青になって止めようとするが、彼女の口は止まらない。

「そうでしょう、あのような醜い傷痕がある娘が後宮入りするなどあり得ないことにございます。本来ならもうひとりの娘美莉が陛下のおそばにいるべきだったのですわ。それを……あの娘……醜い身体のくせに」

最後はひとり言のようにぶつぶつと言っている。

凛風に傷をつけた張本人からのさらなる侮辱の言葉に、暁嵐の胸に怒りの炎が灯る。

膝の上の手を握りしめた。

「本当に、母親そっくりだ。いつも私の邪魔ばかりする」

貴族の身分を召し上げられた衝撃からか、継母は我を失い凛風を罵り続ける。

なるほど、彼女は凛風自身ではなく凱雲の前妻に相当恨みがあるようだ。それをそのまま凛風に向けている。だから執拗に彼女を虐げたのだ。

暴言を繰り返す女を役人が再び止めようとする。それを暁嵐は目線で制した。凛風に対する言葉にははらわたが煮え繰り返る思いがする。

だが、ある意味好都合でもある。

「ろくに教育を受けていない、あのような娘が陛下のおそばにはべるなど、陛下の威信に関わりますわ。今からでも、美莉と交代させては……」

「そこまでだ」

暁嵐は鋭く彼女の言葉を遮った。熱に浮かされたように凛風を侮辱していた継母は、ハッとして口を閉じる。だがもう時すでに遅しだ。

「お前にとっては価値のない娘かもしれないが、凛風は私の唯一無二の妃なのだ。これはこの宮廷で知らぬ者はおらぬことだが、私は彼女を侮辱されることに激しい怒りを感じる。その者を二度とそのような口をきけぬようにしてやりたくなるほどに」

そう言ってゆっくりと立ち上がる。赤い目で睨むと目の前の愚かな女はガタガタと震えだした。

「それにお前は、わかっているようで理解してはおらぬようだ。凛風が皇后の身分になったということを」

「まさか知らないわけではないだろう？　皇族に対する侮辱は不敬罪に問うことができることを」

「は？　……え？」

言いながら手の平を彼女に向けた。

馬鹿な女だと心底思う。自らの行いを反省し、慎ましくいられれば罰を受けることはなかったのに。

「あ……お待ちください。陛下……！」

なにかを言いかける彼女に向かって暁嵐は術をかける。

女が目を見開いて口をパクパクとさせた。

睨みつけたまま立ち上がる。

「声を奪った。お前が、凛風にしたことを心から反省した時にその術は解けるだろう」

そして役人に向かって指示を出す。

「それまでは、牢に繋いでおけ」

玉座を下りて大極殿を後にした。

終章

午後の日差しが差し込む開け放った窓枠にひと握りの米をパラパラと撒く。しばらくするとピイピイと鳴き声が聞こえて、白い小鳥が降り立った。

そのまま小鳥は嬉しそうに鳴きながら一生懸命、米をついばむ。その様子を、窓辺に置かれた寝台から凛風は微笑んで見ていた。

しばらくすると小鳥は凛風の寝台にチョンチョンと飛び跳ねながらやってきて肩に乗る。礼をするように凛風の頬をくちばしでつついた。

くすぐったい感覚に、思わずくすくす笑うと、喉が引きつれるような感覚がしてそっとそこを手で押さえる。でももう痛みはなかった。

凛風がホッと息を吐いていると。

「凛風妃さま、陛下の御成にございます」

部屋の扉が少し開いて、女官から声をかけられる。

小鳥が、ピピッと鳴いてバサバサと窓の外に飛び立っていった。

しばらくすると、黒い外衣を纏った暁嵐が現れた。

「凛風！」

正装ということは、政務を抜けてきたのだろう。足早にこちらへやってきて寝台に腰を下ろし凛風を腕に抱いた。

「具合はどうだ？　大事ないか？」

心配そうに確認する。凛風がにっこり笑って頷くと、安堵したように笑みを浮かべて、凛風の頬に口づけた。

皇太后が謀反を起こし、都の端の離宮が炎上してから三月が経った。

あの夜、自ら喉を刺し意識を失った凛風はそれからひと月の間生死の境を彷徨った。

後から聞いたところによると、凛風が意識を失った後すぐに暁嵐が刻を止める術をかけてくれたという。皇太后たちを一掃し、城へ戻った暁嵐により宮廷医師に預けられ、手厚い治療を受けた。それがなければ、多量の血を失っていた凛風は、ひと晩持たなかっただろう。

命の心配がなくなってからも、回復には時間を要した。なにせ喉を大きく損傷しているのだ。食べるのも飲むのもままならない。ようやくそれらができるようになり、寝台の中でなら、日中も起きていられるようになったところだ。

凛風の意識が戻った時には謀反に関する罪人の処分はすべて終わった後だった。

『凛風、たとえお前の父親でも他に選択肢はなかった。許せ』

父の処分に対する暁嵐からの謝罪に、凛風は首を横に振った。

『暁嵐さまは、正しいことをされました』

どれほどひどい仕打ちを受けても実の父には違いない。処刑されたと聞けば胸が痛む。だが国の行く末を思えば仕方がないことだ。皇帝暗殺未遂に関わった者を甘い処分で済ませれば、国の安定を脅かすことになるからだ。

一方で、本来は死罪もあり得る不敬罪に問われた継母についての処分は、声を奪うに留まってくれたことに感謝した。

『お継母さまが、出てこられるまでに、私も心の整理をつけておこうと思います』

一度は死を覚悟したのに、暁嵐の愛に包まれて再び生きられることになった今、できることなら誰も憎みたくないと思う。

『まぁ……そうだな。だが今は自分の身体のことのみを考えよ』

暁嵐は複雑な表情で答えたが、今のところ継母が出てきたという報告はない。

妹の莉美は、両親を失い屋敷を出て行方知れずだという。

暁嵐が、凛風を抱く腕に力を込めた。

「なにかあればすぐに呼べ。俺はいつでも来るから」

話によると、凛風が昏睡状態だった時は、暁嵐は最低限の政務以外はずっとそばにいてくれたようだ。夢と現を行ったり来たりしていた頃、彼の声を聞いた気がしたのは、そのおかげだったのかもしれない。

凛風の意識が戻ってからも、彼は可能な限りそばにいる。それは凛風のためというよりは、彼自身のためのようであった。

凛風の枕元に座る沈痛な面持ちは、はじめて見るものだった。

今もこうやって一日に何度も政務を抜けて凛風の部屋へやってくる。凛風が生きているのを確認するかのように。

「喉の傷はどうだ？　まだ痛むか？」

この質問も毎日のことだった。

凛風は首を横に振る。もう傷は痛まないという意味だ。さっき笑った際にも引きつれるような感覚はあったものの痛みはなかった。

喉の傷がひどかった凛風は、医師に傷が完全に治るまでは声を出すのを禁じられている。だから周りとの意思疎通はこうやって首を動かしてする。

暁嵐は凛風の喉をじっと見る。凛風の言うことが本当か、無理をしていないかと確認しているのだ。

本当なら彼はここでこんなことをしている場合ではない。

なんといっても彼はこの国の皇帝なのだ。

謀反と離宮が炎上したことによって不安定になっている政を立て直し、民を安心させなくてはならないのだから。

だからいつも凛風は昼間に彼が来ると嬉しいと同時に少し申し訳ない気持ちになる。

でも今は……。

自分を見つめる暁嵐に凛風はふふふと笑みを漏らす。今日は彼の訪れを心待ちにしていたのだ。ちょうど報告したいことがあったから……。

「どうした？　なにか嬉しいことでもあったのか？」

晩嵐もつられるように笑みを浮かべ問いかける。

それに凛風が頷くと、眉を上げて首を傾げた。

「どうした？」

凛風は彼を見つめたまま、口を開いた。

「暁嵐さ、ま」

いきなり声を出して彼の名を口にした凛風に、暁嵐が目を見開いた。

実は今朝の診察で、もう声を出してよいと言われたのだ。だから、凛風は彼が来るのを待っていた。どうしても第一声は彼の名を呼びたかったから。

「……声を出して大丈夫なのか？」

事情を知らない暁嵐は心配そうに眉を寄せる。凛風はそんな彼を安心させるよう、ゆっくりと説明をする。

「はい、もう声を出していいと、さっき医師さまに言われました。だから暁嵐さまをお待ちしていたんです。私、一番はじめは暁嵐さまのお名前を呼びたかったから……やっぱりちょっと掠れてしまいまっ……！」

「凛風‼」

晩嵐が凛風を抱く腕に強く力を込めて、凛風の肩に顔をうずめた。

「よかった……！」

そのまま凛風の髪に口づける。それ以上は言葉にならないようだった。凛風も彼の背中に腕を回して精一杯力を込めた。

「暁嵐さま」

こんなに喜んでくれる彼が愛おしくてたまらなかった。

「まだ無理はできないから、たくさんおしゃべりしては、いけないみたいですけど」

暁嵐が身を離し、凛風の額に自らの額をくっつける。

「ああ、まだ無理はするな。だけどひと言だけでも声が聞けたのが嬉しい。お前の声は、どんなにいい声で鳴く鳥より美しいからな」

大げさに言って心底嬉しそうに笑った。

その笑顔に凛風が胸をドキドキさせていると。

「だが、そういうことならちょうどよかった。お前に会わせたい人物がいる」

意外なことを言って立ち上がった。

この部屋に女官と医師、暁嵐以外の人物が来るのははじめてだ。不思議に思う凛風をよそに彼は控えの間に向かって声をかける。

「入ってよいぞ」

すると扉が遠慮がちに開いて意外な人物が現れた。

「浩然！」

無理をするなと言われていたにもかかわらず、凛風は声をあげてしまう。

「姉さま！」

浩然も大きな声で凛風を呼び、凛風のもとへ走り寄る。ふたり固く抱き合った。

「浩然……！　元気そう。よかった」

それ以上は涙でなにも言えなくなってしまう。

浩然の方も同じだった。

離宮が炎上したまさにあの日、浩然は暁嵐の側近である秀宇によって、皇太后の邸から助け出され、身柄を確保されていた。秀宇は、暁嵐から内密に皇太后と凛風の繋がりについて調べるようにと、言われていたからである。

郭家の者ではあるものの、浩然は、計画をまったく知らなかったという凛風の証言により、罪は逃れ、貴族の身分を剥奪されるだけで済んだ。

屋敷を出ることになったわけだが、彼はむしろ喜んだのだという。以前より科挙に受かり自分で自分の身を立てたいと願っていたからだ。その優秀さを見込まれ、秀宇の実家で本試験に向けて勉学に励んでいる。

以上のことを凛風はすでに聞かされていた。もちろん会いたいとは思っていたが、おいそれと願うわけにはいかない。

罪を逃れたとはいえ、ふたりとも世紀の大事件に絡む大罪人をふたりも出した家の出身なのだから。

元気であればそれでいい、そう思ってはいたけれど。

「浩然……元気そうでよかった」

「姉さまこそ、命が危ないと聞かされていた日々は毎日心配でなにも手につかなかったよ。唯一もらったあの手紙が形見になったらどうしようかと……」

涙を流し、ふたり無事を喜び合った。

少し離れたところにて、ふたりを見守る暁嵐が口を開いた。

「浩然は、科挙に受かれば正式に秀宇の弟子として召し抱えることになった」

その言葉に凛風は目を輝かせた。

「秀宇さまの弟子に……？　暁嵐さま本当ですか？」

「ああ、秀宇たっての希望だ。非常に優秀だから俺の側近として育てたいと」

それについては浩然自身も聞かされているのだろう。希望に満ちた表情で凛風を見ている。

「陛下は窮地にいた姉さまを救ってくださった命の恩人です。僕は陛下にこの身を捧げると決めたのです。そのためにまずは、科挙に受かり役人の資格を得ます」

「そう、試験頑張ってね」

凛風は目尻の涙を拭いた。

「そうなればここへも出入りしやすくなる」

暁嵐が付け加えた。

暁嵐は事件後すぐに、後宮を廃止すると宣言した。

反対する者たちに、少なくとも自分には必要ない、残りたい者は残ればいいが、絶対にどの妃も寵愛しないと言い切ったのだという。

今回の謀反で、暁嵐の凛風への愛の深さ、凛風の暁嵐に対する功績を目のあたりにしていた妃たちは、ひとり残らず後宮を去った。

だから凛風は今、凛風も一緒にいられるよう改築を施した清和殿にて暁嵐とともに寝起きしているのだ。

浩然が秀宇の弟子になり、これからも近くで成長を見られるならこんなに嬉しいことはない。

「浩然、秀宇さまのおっしゃることをよく聞くのよ。それからくれぐれも……」

「わかってるって、姉さん」

凛風の言葉を遮り浩然は立ち上がった。

「僕、昼間は秀宇さまの仕事をお手伝いしてるんだ。そして夜は勉学。しっかりやってるからもう子供扱いしないでよ」

生意気に言ってニカッと笑った。

「じゃあ、僕、これから仕事があるから。またね。陛下ありがとうございました」

暁嵐に挨拶をして、部屋を出ていった。

「暁嵐さま、ありがとうございます」

再び寝台へやってきて、凛風を腕に抱く暁嵐に、凛風は感謝の言葉を口にする。

彼ははじめから刺客だとわかっていた凛風を愛し、生きる希望と自分で考える力をくれた。のみならず、弟の浩然の将来への道筋も開いてくれたのだ。

感謝してもしきれないくらいだ。

「いやこれは本人の力だ。お前が命をかけるほど大切にしていた弟は、どうやら相当優秀みたいだからな」

とそこで、暁嵐は凛風が浩然を思い喉をついたことを思い出したようだ。眉を寄せて凛風を見る。

「だがなにがあっても、もう命を投げ出すことはせぬように」

少し厳しい声音で釘を刺した。

「はい」

ずっと凛風に付き添っていた暁嵐の苦しげな姿を思い出し、凛風は素直に頷いた。

「傷が残ってしまったな」

暁嵐が、喉の傷にそっと触れる。

「たいしたことはありません。私もともと傷だらけですから」

ひとつやふたつ傷が増えたとしてもたいして変わらない。そう言おうとした凛風の唇は……。

「少しくらい……ん」

暁嵐の唇によって塞がれる。唐突に与えられた甘くて深い口づけに、凛風がぼんやりしだした頃、ようやくそっと解放される。

すぐ近くから凛風を見つめたまま、暁嵐が低い声で囁いた。

「そのように言うのは、たとえお前自身でも許さないと言ったはずだ。傷があってもお前はすべてが美しい。だがこれ以上増やすことは許さない」

「暁嵐さま」

「この後、お前を傷つけた者は俺が厳しく罰する。それはお前自身もだ。わかったな」

自分になど価値はないと思っていた頃が嘘みたいだった。今はそうするべきだと素直に思う。

なにより自分を愛しみ大切に想ってくれる彼のために。

「はい、暁嵐さま」

大好きな彼の優しい目を見つめてそう言うと、額に優しく口づけが降ってきた。

晴れ渡った空の下、草原の中を黒い馬が駆け抜ける。

凛風はその馬に乗り風になったように感じていた。黒い髪を風になびかせて、目を輝かせて。

目の前に広がるのは、どこまでも続く緑色の大地。その向こうには海が広がっているのだという。凛風の胸は高鳴った。

早く見たい、あそこへ行こうと、黒翔に合図を送ろうとした時。

「凛風！」

自分を呼ぶ声に振り返る。黒翔に止まるよう合図を送り振り返ると、白い馬に跨《また》がった暁嵐が追いついてきた。

彼の後ろ遥か向こうに、従者たちの一団がいる。もうすぐ海が見えると耳にしてたまらずに駆け出しているうちに、いつの間にかずいぶん離れてしまったようだ。

手綱を引き、暁嵐を待った。

「勝手に先に行くなと言っているだろう。なにかあったらどうする」

暁嵐が渋い表情で小言を言った。

「ごめんなさい。早く海まで行きたくて」

凛風は眉尻を下げて謝った。

「ったく……。乗り手も馬も、じゃじゃ馬だ。黒翔も黒翔だ。凛風がいる時は凛風しか乗せないとは……。白竜を見習え」

ぶつぶつと言う彼に、黒翔がヒヒンヒヒンといなないた。

今晩嵐が乗っているのは、凛風の実家にいた白竜だ。郭家が解体された後はるばる都へ連れてこられた。もちろん凛風の希望である。

感激の再会を果たした後、凛風を乗せるための馬として城へ迎え入れられた。今では黒翔のよき伴侶となった。

療養を終えた凛風は暁嵐に馬の乗り方を教わった。乗馬に欠かせない馬との信頼関係はすでにあったから、すぐに習得し、皇后としての役割の合間に楽しんでいる。

黒翔が凛風を乗せたがるため、暁嵐とふたりで騎馬で出かける時は、暁嵐は気性の穏やかな白竜に乗ることが多かった。

凛風の毎日は、黒翔と白竜の世話ではじまる。普通、皇后は馬の世話をするものではないとわかっているが、これだけは譲れなかった。

「ごめんなさい、暁嵐さま。海が見えると聞いて我慢できなくなってしまって……」

しょんぼりと肩を落として凛風は言う。彼に心配をかけることは、凛風がもっともしないように気をつけていることのひとつだ。

暁嵐が前方を見て口を開いた。

「焦らずとも、かの町へはもうすぐ着く。あの丘を越えたら見えてくるだろう。町へは俺たちが行くと前もって知らせてあるから皆待ちかねているだろう」

皇太后が謀反を企てて離宮が炎上するという事件から、一年が過ぎた。

しばらくは宮廷も民も騒がしかったが、ようやく落ち着いたこの日、凛風と暁嵐は都を離れ、かの町を目指している道中にいる。

〝かの町へいつか連れていく〟という約束を、果たすためである。

かの町へは馬で駆けて二十日ほど。凛風と従者を連れている状況では三十日ほどかかる。だが今日は、都を出て四十日目。日程が予定より遅れてしまったのには事情があった。

凛風が立ち寄った町にて、ちょくちょく寄り道をしたからである。観光をしたわけではない。町の人々の話を聞いていたのである。

皇后になってからはじめて城を出た凛風が、どうしてもしたかったことのひとつだった。

暮らし向きはどうか。

つらいことはないか。

誰かにひどい目に遭わされていないか。

今の炎華国が、己の心のままに生きられる世になっているのかということを自分の目で確認したかったのだ。

町の人々の話を聞く際は、皇后だと名乗ることもなく徒歩で町を歩き、話を聞いて回った。民の気持ちそのままを耳にしたいからだ。

今のところおおむね、凛風が望んだ世が実現しつつあると感じていて、とても嬉しかったけれど、そのために日程がずいぶん遅れてしまったというわけだ。

かの町の人たちが待ちかねていると聞き、凛風は申し訳ない気持ちになる。

「着くのが遅くなったのは私のせいですよね。申し訳ございません」

凛風が旅の日程について詳しく聞かされ、予定が遅れていることを知ったのは昨日だった。それまでは町の人々に話を聞いて回る凛風を誰ひとり急かさなかったからだ。

とはいっても、だからそれでいいとは言えないだろう。

この旅は私的なものではなく皇帝の視察。ただ日程が遅れたというだけで済むことではない。

今のところ治世が安定しているとはいえ、都に皇帝が不在の状態が長く続くのはよくないことに違いない。

立后して一年ほど経つのに、自分の行動で暁嵐に迷惑をかけてしまったのが情けなかった。

肩を落とす凛風に、暁嵐がふっと笑った。

「謝ることではない。むしろ礼を言うべきだろう。やはり、俺が末長く正しい政をするためにはお前が必要だと確信したよ。だから日程が遅れていることを、昨夜まで黙っていたんだ」

「お礼？」

言葉の意味がわからずに凛風が首を傾げると、暁嵐が理由を説明する。

「民の思いを聞くのは政には必要不可欠だ。今回の旅ではそれを存分にすることができた。日程が遅れるくらいどうということはない」

「でもそれは私がいなくとも……。暁嵐さまも町の人たちの言葉に耳を傾けていたじゃないですか」

町へは凛風ひとりで行ったわけではない。暁嵐もそばにいて一緒に話を聞いていた。

「いや、お前がいたからだ。町に行く時は身分を明かさなかったが、俺は威圧感があるからな。どうしても警戒されてしまう。凛風、お前の持つ柔らかい空気が、相手の心を開かせる。民の本音がたくさん聞けた」

それはきっと凛風が貴族の娘としての教育を受けておらず、贅沢な暮らしも知らなかったからだ。町の人々の困りごとには共感できることも多かった。

いつかの日の宴では、そんな自分を他の妃と比べて引け目に感じたこともあった。

でもそれが彼の役に立っているのだと思うと嬉しかった。

「皆、暁嵐さまが即位されてから、安心して暮らせていると言っていましたね」

弾んだ声で凜風は言う。

都へ帰ったらこの旅の経験を存分に活かして、皇后の仕事に邁進しようと決意する。

謀反の夜、もう自分のような悲しい思いをする人が出ないような世の中になってほしいと強く願った。

その願いを暁嵐と一緒に実現できる立場にいることが嬉しかった。

凜風の言葉に暁嵐が頷いて、青い空を見上げ、少し感慨深げな声を出した。

「凜風、お前と出会う前の俺が、穏やかな世を作ろうと心に決めていたのは、本当のところ民を思っていたのではなく、自分のためだったのだと思う」

「自分のため……？」

「ああ、母上を失った悲しみと行き場のない怒りを、皇太后を追い出し平穏な世を作ると決意することで乗り越えようとしたのだろう」

少し寂しげな眼差しで空を見つめる暁嵐に、凜風の胸がギュッとなった。

笑わない母を失った少年は、倒すべき相手を憎み目標を持つことで、自らの心を守っていた。

「だが今は民のためだと心から言える。凜風、お前のおかげだ。お前の澄んだ心に触れたおかげで、俺は人を好きになった。この国の民がすべからく幸せであるよう、力を尽くしたいと思う。皇太后は俺から大切なものを奪ったが、お前との出会いを作ってくれたことだけは、感謝している。末長く国を治めるために、俺には凜風が必要だ」

「暁嵐さま……」

自分にそれほどの力があるとは思えない。

凜風の方こそ、彼からたくさんのものをもらった。今こうしてここにいられるのはすべて彼のおかげなのだから。

それでも、凜風がそばにいることを彼が望むというならば、永遠に一緒にいる。この出会いは必然だと思うくらいだった。

「暁嵐さま、私、ずっと暁嵐さまのおそばにいます」

言葉に力を込めてそう言うと、暁嵐が目を細めて微笑んだ。

そこへ、ようやく従者たち一団が徒歩でふたりに追いついた。

「こ、皇后さま……！　おひとりで駆けていかれては困ります！　御身を大切にしていただきませんと！」

秀宇が青筋を立てて凜風に意見した。

「本当ですよ！　陛下にご心配をおかけするのはやめてくださらないと、皇后さま！」

秀宇の弟子となった浩然も小言を言って凜風を睨んでいる。

無事科挙に合格した彼は最年少で役人となり、今は城で働いている。今回の旅にも秀宇の弟子として参加しているのだ。

姉弟で旅をしたことのないふたりへの暁嵐からの心遣いでもある。

「申し訳ありません……」

凛風は素直に謝る。心の中でまたやってしまったと思いながら。

秀宇は、凛風に対して非常に丁寧に接してくれる優秀な側近なのは確かだが、やや心配症で口うるさいところがある。皇后らしくないと叱られることも多かった。

しかも浩然は、彼に輪をかけて口うるさい役人になってしまった。特に凛風が暁嵐に心配をかけるようなことをすると、こうやって容赦《ようしゃ》なく叱られる。

弟が立派になるのを見たいという凛風の夢は叶ったけれど、それにしても立派になりすぎでは?と思うくらいだった。

「そのくらいにしてやってくれ。凛風は海を見るのがはじめてなのだ。気がはやるのも仕方がない」

とりなすようにそう言って、暁嵐が秀宇に指示をする。

「俺と凛風は先に行く。お前たちは、焦らずゆっくり来るがいい。日暮れまでに町に着けばいい。凛風、先に行こう。海に陽が沈むところを見せてやる」

「はい！」

一刻も早く花の町と海を見たい凛風は張り切って答える。

一方で、秀宇は目を剝いた。

「なっ⁉　いけません暁嵐さま。おふたりだけで行かれるなど……！　この辺りは山賊はおりませんが……」

「案ずるな、俺が一緒なら大丈夫だ。ほら、凛風行くぞ！」

そう言って彼は手綱を握り直し、先ほど指差した丘に向かって走りだす。

凛風も黒翔に合図をして彼を追った。

頬にあたる風と草の香りが心地いい。

暁嵐が振り返り、凛風を優しい目で見つめた。この眼差しに導かれてここまで来たのだと凛風は思う。そしてこれからもずっと彼について行きたい。彼に救ってもらったこの命が尽きる日まで。

小高い丘を駆け上がると目の前が開ける。

眼下にどこまでも続く青い海と、凛風が憧れ続けた花の町が広がっていた。

了

あとがき

　このたびは『鬼神の100番目の後宮妃～偽りの寵姫～』をお手に取ってくださりありがとうございます。お楽しみいただけましたでしょうか。

　本作は、昨年出させていただいた『龍神の100番目の後宮妃』というお話の第二弾的なお話です。

『100番目の後宮妃』というキーワード、私大変気に入りまして、『龍神』を書き終えてすぐにまた書きたいなと思っていました。そしてこのたび、新しい世界観とキャラクターで書かせていただけることになりました。

　すべては『龍神』を応援してくださった皆さまのお力です。ありがとうございます！　まだ『龍神』の方をお読みでない方がいらっしゃいましたら、そちらもぜひお手に取っていただけると嬉しいです。

　さて今回は、敵対する勢力にいるヒーローとヒロインが、許されないと思いながら惹かれ合っていくというお話です。この設定、私の大好きなシチュエーションでして、全編通してノリノリで楽しく書きました。

　またヒーローが鬼神なので、強くてちょっと荒々しい人物像です。そこがとっても書いていて楽しかったです。個人的には謀反の場面で、寝所の扉を蹴破るところが大のお気に入り。鬼のヒーロー、機会があればまた書きたいなと思います！

さて、カバーイラストを担当してくださったのはShabon先生です。前回に引き続き、ヒロインを可愛く描いてくださいました。夜桜の下で悲しげな表情でたたずむ凛風が美しく、衣装も背景もなにもかもが素敵です……！　作品に、こんなに美しいカバーイラストをつけていただけるなんて、私は本当に幸せ者です。

Shabon先生ありがとうございました！

また、この作品を書くにあたりまして、サポートしてくださった担当者さま、編集担当者さまに厚く御礼申し上げます。この作品をひとりでも多くの方に届けるべくご尽力くださいました。ありがとうございました！

最後になりましたが、私の作品を手に取ってくださった読者の皆さまに、御礼申し上げます。

私が作品を書籍として世に送り出せるのは、応援してくださる皆さまのお力に他なりません。本当に、ありがとうございました。

またどこかでお目にかかれたら嬉しいです。

皐月なおみ

この物語はフィクションです。実在の人物、団体等とは一切関係がありません。

皐月なおみ先生へのファンレターのあて先
〒104-0031　東京都中央区京橋1-3-1　八重洲口大栄ビル7F
スターツ出版（株）書籍編集部 気付
皐月なおみ先生

鬼神の100番目の後宮妃
～偽りの寵妃～

2024年7月28日　初版第１刷発行

著　者　　皐月なおみ　©Naomi Satsuki 2024

発 行 人　菊地修一
デザイン　カバー　北國ヤヨイ（ucai）
　　　　　フォーマット　西村弘美
発 行 所　スターツ出版株式会社
　　　　　〒104-0031
　　　　　東京都中央区京橋1-3-1　八重洲口大栄ビル7F
　　　　　TEL　03-6202-0386（出版マーケティンググループ）
　　　　　TEL　050-5538-5679（書店様向けご注文専用ダイヤル）
　　　　　URL　https://starts-pub.jp/
印 刷 所　大日本印刷株式会社

Printed in Japan

ISBN　978-4-8137-1613-6　C0193